Aux frontières du réel - 5
Anticorps

AUX FRONTIÈRES DU RÉEL

Romans originaux :	
Les Gobelins	*J'ai lu* 4099/**3**
Tornade	*J'ai lu* 4239/**3**
Point Zéro	*J'ai lu* 4252/**3**
Ruines	*J'ai lu* 4363/**4**
Anticorps	*J'ai lu* 4943/**4**
Épisodes de la série TV :	
Nous ne sommes pas seuls	*J'ai lu* 4344/**2**
Quand vient la nuit...	*J'ai lu* 4345/**2**
Parole de singe	*J'ai lu* 4346/**2**
Compressions	*J'ai lu* 4347/**2**
Faux frères siamois	*J'ai lu* 4348/**2**
Métamorphoses	*J'ai lu* 4349/**2**
Mauvais sang	*J'ai lu* 4358/**2**
Coup de foudre	*J'ai lu* 4359/**2**
Entité Biologique Extraterrestre	*J'ai lu* 4527/**2**
La guerre des coprophages	*J'ai lu* 4528/**2**
Dossier David Duchovny	*J'ai lu* 4572/**5**
Dossier Gillian Anderson	*J'ai lu* 4573/**3**
Le guide officiel-1	*J'ai lu* 4574/**6**
Les Calusari	*J'ai lu* 4618/**2**
Ève	*J'ai lu* 4619/**2**
Ames damnées	*J'ai lu* 4725/**2**
Une petite ville tranquille	*J'ai lu* 4726/**2**
Souvenir d'oubliette	*J'ai lu* 4831/**2**
Mystère vaudou	*J'ai lu* 4832/**2**
Autosuggestion	*J'ai lu* 5002/**2**
L'hôte	*J'ai lu* 5003/**2**
Blackwood	*J'ai lu* 4972/**5** et 4973/**3** (*oct. 98*)
Le guide officiel-1 (*Éditions La Martingale*)	
Le guide officiel-2 (*Éditions La Martingale*)	
Anticorps (*Éd. 84*)	

Kevin J. Anderson
Basé sur les personnages créés par
Chris Carter

Aux frontières du réel - 5

Anticorps

Traduit de l'américain
par Marie Catherine Caillava

Éditions J'ai lu

Titre original :
THE X-FILES. ANTIBODIES

HarperPrisms,
a division of HarperCollins*Publishers,* N.Y.

1

Ruines du laboratoire DyMar
Dimanche, 23 h 13

La nuit était froide et le brouillard s'était levé lorsque l'alarme se déclencha.

Le système de sécurité n'était pas exactement du dernier modèle. On l'avait installé à la va-vite autour du site abandonné. Vernon Ruckman était le seul garde chargé de surveiller les lieux la nuit. Un travail qui l'ennuyait. Mais il était payé, et même très bien payé, ce qui était pour le moins étonnant : son job consistait simplement à empêcher les intrus éventuels de se promener parmi les restes dangereusement instables du building de DyMar.

L'édifice était situé dans la banlieue de Portland, Oregon.

Le vigile gara sa vieille Buick à demi rongée par la rouille dans l'allée de gravier. Les pneus usés crissèrent. Il contempla le labo, un centre de recherches contre le cancer qui était encore intact voilà seulement dix jours.

Il mit le frein à main, ôta sa ceinture et ouvrit la portière. Primo : voir ce qui se passait, vérifier les lieux.

Il sortit l'énorme lampe torche qu'on lui avait donnée avec son insigne de garde — une lampe grosse comme une batte de base-ball. Un puissant rai de lumière coupa la nuit. Il examina les masses sombres qui recouvraient le site.

Ses employeurs lui avaient fourni, en plus de la torche, un joli badge, un uniforme, un vieux revolver, mais pas de véhicule de fonction, ce qui le contrariait fort.

« Bon, se dit-il, on va jouer les gardiens qui montrent les dents ! »

Avoir l'air terrifiant était le seul moyen de faire partir ces sales gosses qui venaient parfois jouer à cache-cache dans les restes du laboratoire.

Cela faisait dix jours que de mystérieux terroristes avaient jeté des bombes incendiaires dans le bâtiment, le réduisant à l'état de ruines fumantes. Durant ce court laps de temps, Vernon avait eu à faire face à quelques maraudeurs, et à ces gamins qui n'arrêtaient pas de rigoler.

Il ne désespérait pas d'en attraper un, un de ces jours !

Pourtant, l'endroit n'avait rien de sympathique. Ce n'était pas un coin pour des enfants. Les restes de DyMar allaient être détruits dans quelques jours. Les bulldozers et les pelleteuses étaient garés côte à côte, prêts à faire leur office. Un petit entrepôt de sécurité avait été monté vite fait. Les ingénieurs y avaient stocké les explosifs nécessaires à la démolition finale.

Quelqu'un était extrêmement pressé de faire disparaître toute trace de l'existence de ce centre de recherches de pointe en cancérologie. Bizarre, mais Vernon se refusait à poser des questions.

En attendant, ce tas de ruines était l'endroit idéal pour avoir un accident. Et le vigile avait bien l'intention d'empêcher qu'il ne se passe quoi que ce soit de fâcheux pendant qu'il était de service !

Il éclaira de sa lampe l'intérieur du bâtiment principal. De la poussière flottait dans l'air. Partout gisaient des poutres à demi calcinées qui s'étaient brisées. Les murs étaient noirs de fumée. On se serait cru dans le décor d'un film d'horreur des années cinquante. Vernon n'avait aucun mal à imaginer un monstre tapi dans les ténèbres se préparant à bondir.

Le jour suivant l'incendie, on avait mis des grilles de fortune autour du complexe. Le cadenas qui les fermait était ouvert.

Le garde retint sa respiration. Il crut entendre des bruits de pas, des voix.

Le brave homme fit alors exactement ce qu'on lui avait dit lors de sa formation : une main sur le revolver, une sur la lampe torche, et l'œil aux aguets !

Une paire de menottes pendait à sa ceinture, mais il n'avait jamais eu l'occasion de s'en servir, puisqu'il n'avait jamais arrêté personne. Saurait-il les utiliser ? Comme tous les gardiens de nuit, il avait passé presque tout son temps à lire en attendant que le temps s'écoule.

La petite amie de Vernon était diplômée en littérature anglaise et avait décidé d'être poète. Elle vivait donc la nuit, attendant l'inspiration. Il avait progressivement adapté son mode de vie au sien. Les premières semaines, il dormait debout en permanence. Mais ce boulot de gardien tombait à pic : il était devenu un oiseau de nuit, lui aussi, et on le payait pour cela !

Vernon était donc parfaitement réveillé lorsqu'il pénétra dans le labyrinthe de couloirs du labo en ruine.

Il grimaça. Il était aujourd'hui difficile d'imaginer à quoi ressemblait ce centre de recherches avant le désastre : murs de verre fumé très chics, technologie super-high-tech, bois aux couleurs chaudes rappelant les forêts de l'Oregon...

Il y avait réellement un intrus dans les parages.

Cendres qui crissent sous les pieds, morceaux de verre cassés qu'on écrase en marchant...

Vu l'heure tardive, la ou les personnes qui étaient entrées dans les labos devaient être des clients plus sérieux que les gosses du quartier.

Il s'agissait peut-être d'activistes du groupe contre l'expérimentation animale qui avait lancé les bombes incendiaires. Ces crétins avaient dû revenir chercher des trophées !

Cette fois-ci, il allait falloir être prudent !

Vernon Ruckman se pencha pour passer sous une poutre brisée qui obstruait le couloir. Tout le rez-de-chaussée de l'immeuble semblait près de s'effondrer.

Le pauvre garde n'était pas du genre claustrophobe, mais il ne pouvait s'empêcher d'avoir l'impression que l'immeuble allait lui tomber sur la tête...

Quelqu'un bougeait ! Cette fois-ci, il en était sûr et certain, pas seulement à cause des bruits de pas, mais parce que le visiteur mystérieux ne se gênait pas et faisait un boucan d'enfer, soulevant des meubles, poussant des débris.

Vernon éclaira la salle autour de lui. Rien. Ce qu'il entendait venait de plus loin, de la salle d'expériences qui avait été le plus durement touchée pendant l'explosion.

Il alla voir ce qui se passait.

Une ombre... celle d'un adulte !

« Avoir l'air sûr de soi, surtout avoir l'air absolument sûr de soi ! » se répéta le garde.

— Les mains en l'air ! s'écria-t-il. Ceci est une propriété privée ! Je vous arrête !

Il braqua sa lampe sur l'inconnu. Celui-ci ne sembla pas effrayé le moins du monde — ce qui voulait dire qu'il était peut-être dangereux.

Le bonhomme était habillé de vêtements dépareillés, comme s'il se fournissait en fringues chez Emmaüs. Pour couronner le tout, il était couvert de suie et de poussière.

Vernon en conclut immédiatement qu'il s'agissait d'un sans-domicile-fixe venu voir ce qu'il pouvait chiper dans le labo pour ensuite le revendre.

— Que faites-vous ici ? Vous ne trouverez rien d'intéressant.

— C'est là que vous vous trompez, mon ami.

Ce type s'exprimait bien, avec classe, et d'un ton plein d'autorité.

Le vigile commençait à paniquer. Il répéta bêtement :

— Ceci est une propriété privée ! Il faut une autorisation pour entrer.

— Je sais, et j'en ai une. Je travaillais... ici, pour les laboratoires DyMar.

C'était bien la dernière chose à laquelle Vernon Ruckman s'attendait. Il continua tout de même à être attentif au moindre geste de cet olibrius.

— Je m'appelle Dorman, Dr Jeremy Dorman.

Il porta la main à sa poche. Vernon fit immédiatement mine de dégainer son arme.

— Non, n'ayez pas peur ! s'écria le scientifique. Je cherche juste mon laissez-passer.

Le garde s'approcha tout en éclairant son visage.

Cet homme transpirait à grosses gouttes. Il avait la tête de quelqu'un de très malade.

— Il faut aller voir un toubib, dites donc. Vous n'avez pas l'air dans votre assiette.

— Ce ne sera pas nécessaire. Tout ce dont j'ai besoin se trouve ici. Regardez.

Vernon vit alors que le nommé Dorman avait dégagé un petit coffre-fort anti-incendie des décombres. Il sortit de sa poche une carte d'accès marquée : *DyMar Labs*.

— Vous voyez, je travaille ici.

— Désolé, monsieur, mais cette carte ne vous donne pas le droit d'entrer ici actuellement. Je dois en référer...

— Non ! aboya l'intrus. Vous me faites perdre un temps précieux. Laissez-moi faire !

Ruckman recula : le visage de ce type se tordait convulsivement. Il n'avait jamais rien vu d'aussi horrible.

Dorman le laissa à son étonnement, et se tourna pour continuer de dégager le coffre.

Le vigile se dit que cela commençait à suffire. Il sortit son arme.

— Désolé, docteur Dorman, mais vous allez devoir m'obéir. Les mains en l'air, face au mur, vite !

Il remarqua alors que la chemise du savant était agitée des mêmes soubresauts que son visage, comme si des rats couraient sous ses vêtements.

Docile, le visiteur alla se coller contre le mur.

— Je vous l'ai dit, je suis un employé de DyMar. Vous me faites perdre mon temps.

— Ça prendra le temps qu'il faudra, rétorqua le garde.

L'autre leva les mains. Vernon remarqua alors que sa peau avait une teinte cireuse.

Ce type avait peut-être été victime d'un accident industriel. Le gardien ne connaissait rien à la science mais, malgré son gros revolver, il commençait à avoir la trouille !

La chemise de Dorman continuait d'onduler. On aurait cru qu'il avait un chat sauvage caché sous sa veste !

— Qu'est-ce que vous avez là-dessous, hein ? Restez immobile pendant que je vous fouille !

Dorman, calme, regardait fixement le mur craquelé et noir de suie devant lui.

— Si j'étais vous, je ne ferais pas cela ! grinça-t-il.

— Inutile de me menacer, vous ne me faites pas peur.

— Ne me touchez pas !

Vernon Ruckman cala la torche sous son bras, puis commença à fouiller l'intrus.

La peau de ce type était étrangement chaude. Il avait des bosses partout. Ses doigts rencontrèrent soudain une substance visqueuse. Il retira tout de suite sa main.

— Qu'est-ce que c'est que cette saloperie ?

— Je vous avais prévenu, mais vous n'avez pas voulu m'écouter. Certaines personnes sont si bêtes...

Vernon rangea son arme dans son holster et commença à frotter frénétiquement ses doigts sur son pantalon.

— Mais qu'est-ce que c'est ? insista-t-il.

Soudain, sa peau commença à le brûler, exactement comme si on avait versé de l'acide dessus.

— *Raaaaah !*

Le garde, à présent totalement paniqué, tituba en arrière sous l'effet de la douleur.

Il avait l'horrible sensation que de petites bulles de feu remontaient le long de son poignet et dans son bras, sa poitrine, sa tête... sa tête !

Dorman se retourna pour le contempler.

— Je vous avais prévenu, exact ?

Ruckman sentit son corps se nouer. Des centaines de feux d'artifice miniatures semblaient exploser dans son pauvre crâne. Il ne voyait plus rien, hormis des flashes de lumières psychédéliques. Ses bras tremblaient, ses jambes se dérobaient.

Il entendit alors des os craquer. Ses propres os...

Hurlant de terreur, il tomba en arrière. Sa torche roula par terre, dans les cendres.

Son corps était devenu un champ de mines qui explosaient l'une après l'autre.

Dorman observa quelques instants le garde qui se tordait par terre, puis il se tourna de nouveau vers le petit coffre.

Il n'avait pas besoin de regarder cet idiot de vigile. Il savait que sa peau rétrécissait, révélant de larges morceaux de chair rouge, là où les tissus étaient détruits.

Des pustules, des tumeurs et des bosses allaient également apparaître sur le cadavre.

Rien d'inhabituel.

Jeremy essuya rapidement la porte du coffre, composa la combinaison d'une main tremblante.

Clonk.

Les cylindres se remettaient en place.

La peinture extérieure avait coulé, il dut en faire tomber les écailles avant de pouvoir ouvrir.

Mais le coffre était vide. *Ils* étaient déjà venus.

— Non !

Dorman poussa un cri de rage, puis se tourna vers le corps à présent sans vie de Vernon Ruckman, comme si le malheureux avait quelque chose à voir dans tout cela.

Le coffre était vide. Les dossiers de David, les cassettes vidéo, les échantillons, tous les éléments qui auraient pu lui permettre de découvrir la solution avaient disparu.

Volés, confisqués, ou même détruits !

Il était fou de colère. Qu'allait-il faire, à présent ? Il regarda sa main. La texture de sa peau changea comme si elle était parcourue par un courant électrique, un orage cellulaire.

Il frissonna et se força à respirer lentement et à

fond, mais les tremblements se transformèrent en convulsions.

Grâce à un effort de volonté, il réussit à reprendre le contrôle de son corps.

Cela devenait de plus en plus difficile chaque jour. Bientôt, il serait trop tard.

Désespéré, Dorman marcha au hasard dans les couloirs des anciens labos DyMar. Les ordinateurs avaient tous été détruits. Il ne restait rien des archives.

Il trouva enfin un bureau qui avait été celui de David Kennessy, le directeur des recherches.

— Sois maudit, David ! murmura-t-il entre ses dents.

Sa colère lui donna des forces. Il ouvrit et vida tous les tiroirs des meubles-classeurs en fulminant.

L'un d'eux contenait une vieille photo. Le verre du cadre avait explosé sous l'effet de la chaleur de l'incendie.

Il arracha le cliché et le regarda fixement.

Une jeune femme charmante, blonde, souriante, et son fils, un petit garçon. Dorman savait que cette photographie avait été prise lorsque le petit avait à peine sept ans, juste avant qu'il n'ait sa leucémie.

Patricia et Jody Kennessy.

Jeremy réfléchit, se redressa sans lâcher la photo. Oui, c'était peut-être sa seule chance...

Il revint vers le cadavre du garde et, sans prêter la moindre attention aux horribles pustules qui recouvraient son corps, prit le revolver dans sa main.

Une arme risquait fort de lui être utile, songea-t-il.

Mais chaque chose en son temps. Il allait d'abord falloir les retrouver, eux et leur chien.

Où se cachait Patricia Kennessy ?

L'étrange visiteur quitta le bâtiment de DyMar, laissant derrière lui le cadavre de Vernon Ruckman, écorché vif, couvert de tumeurs immondes et de plaques rouges.

Pas le temps de faire du sentiment. Il fallait qu'il retrouve les survivants de la famille Kennessy.

Ils étaient son seul espoir.

2

Quartier général du F.B.I.
Building Edgar J. Hoover
Washington D.C.
Lundi, 7 h 43

L'ours était énorme, il faisait au moins trois mètres cinquante. C'était un kodiak, un superbe spécimen à la fourrure brune, aux muscles saillants, aux griffes acérées. Il semblait près de déchiqueter d'un coup de patte le saumon filant dans le torrent.

Mulder admirait les dents de l'animal, sa carrure puissante. Il dégageait une impression de force phénoménale.

Fox avait bien de la chance que ce monstre soit empaillé ! Mais, même sachant cela, il sentait son cœur battre plus fort. C'était un bel animal, exposé dans le hall principal du Hoover Building, le quartier général du F.B.I.

Cette étrange décoration avait une histoire : un baron de la drogue, fou de chasse, avait dépensé des sommes folles pour aller traquer l'ours en Alaska. Lorsque le type avait été arrêté pour trafic de stupéfiants, on avait confisqué ses biens, dont cet ours. Les agents fédéraux, ne sachant que faire de l'encombrant trophée, l'avaient installé dans le musée improvisé du Bureau, entre une Harley Davidson et des bijoux volés.

De temps en temps, Mulder remontait du sous-sol où se trouvait son bureau, juste pour le plaisir d'admirer le kodiak.

Tout en le contemplant, il repensa à un rapport étrange qu'il venait de recevoir : d'après le coroner de Portland, un garde de sécurité avait été retrouvé mort, dévoré par une peste mystérieuse. Sa peau était rongée par plaques, et son corps couvert de pustules et de tumeurs cancéreuses. Pourtant, des témoins avaient vu l'individu quelques heures auparavant, et il se portait comme un charme.

Quand un ours du Grand Nord tuait une proie, le corps de la victime portait des marques caractéristiques. La cause de la mort ne laissait aucun doute. Tandis que le garde avait été retrouvé sur le site d'un ancien laboratoire de recherches expérimentales détruit par un incendie.

Une maladie nouvelle et foudroyante, voilà un cas particulièrement étrange.

Étrange, donc intéressant.

C'était une affaire pour l'agent spécial Fox Mulder.

Il regarda l'ours une dernière fois, retourna jusqu'aux ascenseurs pour descendre dans son bureau. Il allait relire de nouveau ce rapport de coroner avant d'aller retrouver Scully.

Sig Sauer 9 mm, chargeur spécial contenant quinze cartouches, plus une dans la chambre. Noir, lisse, élégant. Un bijou de mécanique suisse. D'une précision mortelle entre des mains expérimentées.

L'agent spécial Dana Scully rechargea son arme, appuyée contre la paroi en plexiglas anti-bruit de la salle de tir du F.B.I.

Elle entra une série de commandes sur un petit clavier d'ordinateur situé à côté d'elle. Immédiatement, la silhouette stylisée du « méchant » sur laquelle elle devait tirer s'éloigna, mue par les vérins hydrauliques.

Dana mit un casque de tir, puis les lunettes de protection réglementaires. Sur le pupitre devant elle, à côté de la boîte de cartouches, le voyant de sécurité brillait d'un éclat vert : toute personne s'aventurant sur le pas de tir aurait aussitôt fait passer la lumière au rouge, interrompant l'entraînement de l'ensemble des agents.

Sa main serra la crosse. Elle visa lentement, puis appuya sur la détente, vidant tout le chargeur sur la cible en carton qui vola en éclats. L'odeur de poudre chaude lui chatouilla les narines.

Scully repensait aux hommes qui avaient lâchement assassiné sa sœur Melissa, ces individus qui avaient attenté à sa vie à plusieurs reprises, ces tueurs qui étaient prêts à tout pour discréditer Mulder et ses théories peu orthodoxes.

Il fallait qu'elle reste calme, qu'elle ne laisse pas la colère et le désir de vengeance la submerger.

Mais elle avait beau faire, lorsqu'elle regardait la silhouette noire qui servait de cible, elle ne pouvait s'empêcher d'y reconnaître les êtres sans visage qui s'étaient immiscés dans sa vie.

Vaccins contre la variole truqués, implants dans le nez, dossiers sur tous les « vaccinés », disparitions mystérieuses.

Mystérieuses... comme son propre kidnapping.

Et aujourd'hui, à la suite de ce qu'elle avait subi pendant son enlèvement, Scully souffrait d'un cancer généralisé, totalement inopérable et incurable.

Elle ne pouvait rien faire, à part vider des chargeurs en pensant au mal qui la rongeait, en espérant trouver un jour des réponses à ses nombreuses questions.

Dana serra les dents et éjecta le chargeur vide, qu'elle remplaça par celui qui attendait sur le présentoir, devant elle. Les douilles crachées à intervalles réguliers avaient sauté, une par une, dans le grand bac à ses pieds.

De nouveau elle tira, méthodiquement. À vingt-cinq mètres d'elle, la silhouette du « méchant » n'avait aucune chance : elle commença par frapper le poignet droit, censé tenir l'arme, puis remonta à l'épaule — une méthode d'immobilisation classique — et logea quatre projectiles, en un groupement parfait, dans le cercle noir représentant le cœur. Encore trois cartouches dans le chargeur. Le dernier tir, celui qui lui répugnait le plus, indispensable pourtant dans les circonstances désespérées... Dana vit les trois impacts marquer le front de la silhouette, dessinée sans visage. Elle avait utilisé des munitions

T.H.V., à très haute vélocité. Personne n'aurait pu survivre à une telle pluie de projectiles.

Si seulement le cancer avait été aussi facile à vaincre que la cible de carton !

Elle retira son casque et appuya sur le bouton qui faisait revenir la silhouette vers elle. Tous les agents du F.B.I. devaient repasser un test de tir chaque trimestre. Elle avait encore un mois devant elle, mais venait tout de même s'entraîner chaque matin.

Bientôt, les groupes de touristes qui faisaient la visite guidée du Hoover Building viendraient assister à une démonstration : Sig Sauer, Beretta 92 F, fusil d'assaut M-16, et même Thompson Sub.

Elle voulait à tout prix débarrasser le plancher avant que la meute de boy-scouts et de retraités n'arrive.

Dana prit ce qui restait de sa cible et contempla, non sans fierté, le résultat de son entraînement du jour : tous les impacts étaient concentrés dans les zones délimitées valant le plus grand nombre de points. Un score digne d'un concours.

Du beau travail.

À Quantico, l'académie où l'on formait les membres du F.B.I., les instructeurs apprenaient à leurs élèves à ne pas penser en termes de « personne à abattre », mais à utiliser le mot « cible » ; à dire « viser le centre de la masse » au lieu de « viser au cœur ».

On ne tuait pas un criminel, on abattait une cible. Nuance...

Par ailleurs, un bon agent ne sortait son arme qu'en dernier recours. Une fois le feu ouvert, il ou elle devenait responsable de tout ce qui arrivait... et les choses étaient souvent passablement confuses lors d'une fusillade !

Scully ôta du porte-cible le carton en piteux état, l'annota et le signa, puis le remplaça sur la plaque métallique. Ensuite, elle donna l'ordre à l'ordinateur de lancer un exercice de cibles mouvantes multiples, à pleine vitesse.

Soudain elle sentit qu'on la regardait.

Se retournant, elle découvrit Fox Mulder qui l'observait, appuyé contre la porte d'entrée.

Depuis combien de temps était-il là ?

— Joli tir, agent Scully ! remarqua-t-il avec un sourire amical.

— On m'espionne, agent Mulder ?

Silence gêné.

Elle ajouta :

— Qu'est-ce que tu fais là ?

— Je crois que nous avons une nouvelle affaire. Un cas qui ne manquera pas de piquer ta curiosité.

Elle raccrocha ses lunettes de protection sur le crochet prévu à cet effet, puis signifia à l'ordinateur : « fin d'exercice, enregistrer les résultats », et rengaina son automatique, remettant à plus tard la corvée pourtant indispensable du nettoyage de l'arme. Scully suivit son coéquipier. Les théories et découvertes de Mulder étaient rarement rationnelles, mais elles avaient une qualité : elles étaient toujours intéressantes.

3

Bar « Khe Sanh Khoffee Shoppe »
Washington D.C.
Lundi, 8 h 44

En sortant du Edgar J. Hoover Building, Mulder annonça à Scully qu'ils allaient dans un certain salon de thé style « coffee shop » afin de discuter de l'affaire dont il voulait se charger.

Le quartier général du F.B.I. n'était pas un endroit où on entrait facilement, et il n'était pas plus facile d'en sortir. Les deux agents durent montrer leurs badges aux gorilles de la sécurité qui se tenaient près du portique détecteur de métaux.

Une longue queue de touristes en shorts s'était déjà formée, attendant l'heure de la visite. Scully sentit le regard admiratif des gosses : ils avaient repéré à son style vestimentaire et à celui de Mulder qu'ils étaient membres du célèbre Bureau.

Son coéquipier prétendait que les agents du

F.B.I. dégageaient une « aura » spéciale que les gens ressentaient...

Les immeubles alentour étaient tous superbes : verre et acier. Washington était une ville qui en imposait. Les étages des hautes tours abritaient des bureaux tandis que les rez-de-chaussée étaient occupés par des magasins, fast foods et marchands de journaux.

Mulder ouvrit la porte du Khe Sanh Khoffee Shoppe et s'inclina galamment pour laisser passer sa compagne.

— Pourquoi tiens-tu à venir ici ? demanda-t-elle.

Il y avait beaucoup de petits restaurants-salons de thé tenus par des immigrants coréens dans le quartier. Dana n'avait rien contre la cuisine asiatique, et c'était bien là le problème : les propriétaires du Khe Sanh Khoffee Shoppe jugeaient opportun de faire uniquement de la cuisine américaine... ou du moins ce qu'ils croyaient être de la cuisine américaine.

Le résultat était pour le moins déplorable.

Fox haussa les épaules.

— J'aime bien cet endroit. Ils servent le café dans des gobelets en plastique et il y a toujours du marc au fond. On se croirait chez soi.

Dana soupira. Inutile de discuter. Son coéquipier adorait la taquiner en l'emmenant dans les restos les plus minables de la ville.

Mulder posa son attaché-case sur une des tables de formica garanti d'origine.

— Je te commande quelque chose à manger ?

Elle fit la moue en regardant le comptoir près de la caisse et les aliments qui y étaient exposés.

— Non, je vais juste prendre un café.

— Dommage, le plat du jour a l'air sympa et...

Elle l'arrêta d'un geste.

— Un café, c'est tout. Je n'ai pas faim.

— O.K.

Scully avait fait des études de médecine, elle savait donc exactement la gravité du mal qui la rongeait : incurable. Elle voulait tout faire pour que sa maladie n'interfère pas avec son travail, aussi longtemps que cela serait possible. Le boulot passait avant tout.

Son coéquipier revint avec deux gobelets en plastique pleins d'un liquide supposé être du café. Dana eut mal au cœur rien qu'à en sentir le parfum.

Mulder prit un ton des plus sérieux et sortit un dossier de son attaché-case.

— Cette affaire va t'intéresser. Le cas nous vient de Portland, Oregon. Plus exactement des laboratoires DyMar, un centre de recherches contre le cancer financé par l'État.

Il la regarda dans les yeux afin de voir sa réaction au mot « cancer », puis il lui tendit une brochure. La couverture était ornée de la photo d'un building ultramoderne.

Il y avait d'autres illustrations à l'intérieur du document ; les installations étaient à la pointe en matière de technique, les couloirs et les salons étaient décorés de panneaux de bois précieux et de plantes en pots.

— DyMar, répéta Scully. Jamais entendu parler.

— Ils ont toujours été discrets... jusqu'à récemment.

Elle lui rendit la brochure.

— Que s'est-il passé ?

Fox lui montra un cliché noir et blanc. La photo représentait le même bâtiment, mais brûlé, détruit, entouré par des chaînes et des cordons de sécurité.

— On dirait qu'on a bombardé l'endroit !

Mulder acquiesça.

— Apparemment, il s'agit d'un cas de sabotage et d'incendie volontaire. L'enquête n'est pas encore terminée. La catastrophe s'est produite voici seulement dix jours. Un quotidien de Portland a reçu une lettre de revendication signée du groupe « Liberation Now ». Personne n'avait jamais entendu parler d'eux jusque-là. Ils prétendent être des amis des animaux, révoltés par les expériences que conduisait le directeur du centre, le Dr David Kennessy.

— Et ils ont tout brûlé ?

— Non, ils l'ont d'abord plastiqué et, ensuite seulement, ils ont brûlé la baraque !

— Ce comportement est inhabituel. Normalement, les « éco-terroristes » ne sont pas si violents. Ils se contentent, par exemple, de libérer les bêtes, de se faire un peu de pub afin qu'on parle de leur cause dans les médias. Mais ça...

Elle regarda de nouveau la photo des ruines avant de demander :

— Que faisait donc ce Kennessy ? Pourquoi ces activistes lui en voulaient-ils ?

Son coéquipier parut embarrassé par cette question.

— Nous ne sommes sûrs de rien. Il semble qu'il étudiait des techniques permettant de réparer les cellules endommagées par la maladie. Ce médecin bossait sur du sérieux. J'ai lu les premiers rapports qu'il a écrits. Au début de ses recherches, il prônait l'utilisation de la « nanotechnologie ». Mais les documents plus récents ont mystérieusement disparu. Autant que je sache, il voulait utiliser ce genre de technique contre le cancer.

Dana haussa un sourcil.

— La nanotechnologie n'est qu'une idée en l'air, une fiction. Elle consisterait à fabriquer des machines microscopiques capables de se reproduire et d'aller dans le corps humain accomplir une tâche précise. Elles pourraient faire n'importe quoi. Un vrai conte de fées... Mais, hélas, d'après les experts, ce n'est pas demain qu'on arrivera à transposer cette jolie théorie dans les faits !

Mulder avala une gorgée de café et répondit :

— On dirait que certaines personnes n'ont pas apprécié que Kennessy veuille modifier le corps humain au niveau cellulaire. Il y a eu des manifestations. On a également entendu parler de groupes qui protestaient contre les expériences que le bon docteur faisait sur certains animaux de labo.

Il fit la moue et ajouta en contemplant son gobelet :

— Enfin, tous les dossiers semblent avoir été détruits par l'incendie.

— Est-ce qu'il y a eu des victimes au cours du sinistre ?

— Oui, Kennessy et son premier assistant, Jeremy Dorman, ont été tués par l'explosion.

Dana regarda la photo une dernière fois, puis la rendit à son coéquipier.

Autour d'eux, les clients discutaient à voix basse. Scully souffrait de la même déformation professionnelle que tous les agents du Bureau : elle écoutait tout.

À une table non loin de la leur, des employés de la NASA, dont une des annexes était toute proche, parlaient de la prochaine sonde interplanétaire qu'ils comptaient envoyer dans l'espace. Le plus drôle était que, trois rangées plus loin, des hommes en costume-cravate discutaient de la meilleure façon d'amputer le budget de cette même NASA !

Elle se concentra sur l'affaire DyMar.

— Est-ce qu'il y a eu des manifestations, des pétitions ? Les écolos en arrivent rarement à des actions aussi extrêmes, ils ont dû commencer par des tracts !

— D'après les rumeurs, Kennessy a reçu des lettres de menaces par le passé. Mais ce groupe « Liberation Now » est apparu tout d'un coup. Personne n'en avait jamais entendu parler avant que le journal *Portland Oregonian* ne reçoive leur lettre de revendications. Le Bureau pense qu'il y a anguille sous roche.

— Pourquoi Kennessy continuait-il de travailler dans de telles conditions ?

Elle feuilleta négligemment la brochure. On y parlait de « découverte sensationnelle dans le domaine de la lutte contre le cancer », de « nouvel espoir pour tous les malades » et de « révolution médicale »... les mêmes termes que les cancérologues utilisaient depuis 1950 dans toutes leurs publications.

Mulder lui passa une photo représentant un garçon d'environ huit ans, au teint pâle, quasiment chauve.

— Kennessy avait des raisons personnelles de vouloir en finir avec le cancer. Ce gosse n'est autre que son fils Jody. Leucémie, phase terminale, comme tu l'auras deviné. Le pauvre homme n'allait pas laisser quelques lettres anonymes ou quelques manifestants ruiner des recherches qui pouvaient sauver son enfant.

Dana se redressa sur sa chaise.

— Bon, ce centre était financé par le gouvernement. Est-ce que tu comptes te servir de cet argument pour demander à être chargé de l'enquête, puisque l'affaire tombe sous le coup de la loi sur la destruction de la propriété de l'État ?

Fox se pencha vers elle.

— L'affaire est plus complexe qu'il n'y paraît à première vue.

Sa compagne esquissa un sourire.

— Je m'en doutais un peu, figure-toi. Je serais surprise qu'un simple acte d'éco-terrorisme puisse t'intéresser !

— Regarde ça.

— Qu'est-ce que c'est ?

Elle prit une nouvelle série de photos. Elles représentaient un homme en uniforme de compagnie de sécurité. Son corps était tordu comme celui d'une araignée morte. Sa peau était parcourue de bosses, de tumeurs horribles, sa chair était déchirée.

— On a trouvé ce type dans les ruines, la nuit dernière, expliqua Mulder. Il a apparemment été frappé par une maladie ultra-foudroyante, une sorte de peste. Personne ne sait encore de quoi il peut s'agir exactement.

Scully examina la photo de plus près.

— Qu'est-ce qui a pu provoquer des lésions pareilles ? murmura-t-elle pensivement. Je n'ai jamais vu ça.

— Tout ceci est peut-être le résultat des recherches de Kennessy. Personne ne sait ce que les terroristes ont fabriqué dans les locaux avant d'y mettre le feu. Ils ont peut-être libéré des animaux porteurs d'une maladie extrêmement contagieuse.

Il but une autre gorgée de café et ajouta :

— Peut-être ont-ils libéré dans la nature une sorte de peste, un type de cancer foudroyant.

Il rangea les documents dans sa mallette. Scully ne cacha pas son scepticisme.

— Écoute, tout cela ne tient pas debout une seule seconde ! Le cancer n'est pas contagieux, il ne se transmet pas comme la grippe !

— Je sais, mais tu as vu l'état du cadavre de cet homme. Les gens qui l'ont croisé quelques heures avant son décès disent qu'il paraissait en parfaite santé. Je ne peux m'empêcher de penser que, au cours de sa ronde dans le laboratoire, ce pauvre type est tombé sur quelque chose qui a survécu à l'incendie.

Scully changea d'expression.

— Si tu as raison, et si ces symptômes sont bien ceux d'une nouvelle maladie, alors ce...

Mulder l'interrompit :

— Le coroner a fait mettre le cadavre en quarantaine et le Centre national d'épidémiologie a été prévenu. Mais je me suis arrangé pour que tu puisses avoir accès au corps. Certains petits détails pourraient nous donner un début de piste.

Dana avala une lampée de son café ; il avait un goût infect, exactement comme elle le craignait.

— Qu'est-ce que tu en dis ? insista-t-il.

— O.K., Mulder, O.K.

Ce Dr Kennessy devait se livrer à des expériences extrêmes et peu orthodoxes.

Elle se dit que Mulder n'avait pas forcément tort : un des animaux contaminés pouvait s'être échappé lors de la catastrophe.

Dieu seul savait quelle maladie il transportait. Assurément quelque chose de terrible.

— Tu avais raison, Mulder, annonça-t-elle. Cette histoire m'intéresse au plus haut point.

4

Route nationale 22
Oregon
Lundi, 22 h

Le chien traversait la route en direction de la forêt. Il s'arrêta sur l'asphalte, en plein milieu. Un bruit l'avait distrait de son but.

Une odeur de feuilles mortes et de gaz d'échappement diesel flottait dans l'air du soir.

Il n'y avait guère de monde dans le secteur. Seules quelques boîtes aux lettres à l'extrémité de chemins de terre témoignaient de la présence d'habitations.

Deux ronds de lumière apparurent sur la route, fonçant droit vers le chien.

Le ronflement du moteur couvrait les bruits de la nuit.

Le véhicule se rapprochait de plus en plus vite.

Il faisait nuit. La route était noire et luisante de pluie. Le trajet était long et les enfants ne tenaient plus en place dans la voiture... Tout bien considéré, l'idée de partir ainsi en vacances à l'improviste n'était pas si géniale que ça.

Ils avaient déjà parcouru plus de six cents kilomètres sur cette route pleine de bosses — la moitié du chemin. Ensuite, ils prendraient l'autoroute avant d'arriver au bord de la mer.

Richard conduisait, les yeux fixés sur le bitume.

— Nous aurions dû préparer ce voyage plus soigneusement ! ronchonna son épouse.

— Je sais, chérie, cela fait au moins vingt fois que tu le dis !

Derrière eux, le petit Rory jouait avec son Game Boy tandis que sa sœur Megan faisait la tête.

— Papa, je m'ennuie. On pourrait faire un jeu ?

— Un jeu, ma biche ? Ma foi, on pourrait jouer à compter les silos à grain : celui qui en repère le plus a gagné.

— Y a pas de silos à grain ici, y fait noir ! s'écria Rory.

Le pauvre Richard, qui espérait que ces vacances lui permettraient de jouer au superpapa, esquissa une grimace.

— Bon, les enfants, nous n'allons pas commencer à...

Son épouse l'interrompit brutalement :

— Richard, attention, un chien ! hurla-t-elle.

Il eut le temps de voir la silhouette de l'animal sur la route, juste devant lui. La lumière des phares se refléta un instant dans ses yeux.

Richard donna un coup de volant. Il y eut un choc mou et violent, un bruit sourd contre le pare-chocs avant.

Le véhicule s'arrêta. Les deux enfants se blottirent l'un contre l'autre en pleurant. Richard, énervé, se débattit pour défaire sa ceinture de sécurité.

Il réussit enfin à descendre de voiture.

Faisant le tour, il repéra une bosse sur l'aile avant droite — que disait son contrat d'assurance au sujet de ce genre de dommages ?

— Où est le pauvre chien ? cria Megan.

Richard, le cœur serré, découvrit l'animal. C'était un labrador noir. Il avait le crâne en sang, mais bougeait toujours et essayait de rejoindre la lisière du bois en rampant sur le ventre.

Richard se dit qu'il aurait mieux valu qu'il soit tué sur le coup. Pauvre bête.

— Faut l'emmener chez le docteur !

Richard sursauta et se retourna. Il n'avait pas entendu son fils descendre de la voiture. L'enfant regardait le chien fixement.

— Je crois que le meilleur « docteur » du monde ne pourrait plus rien pour lui, champion. Désolé.

— On ne peut pas l'abandonner, papa ! cria la petite Megan depuis la voiture.

— Chéri, il y a une couverture dans le coffre... renchérit sa femme.

— Il faut l'emmener chez le vétérinaire ! insista Rory.

Richard soupira. Il n'avait pas le choix. Son épouse était déjà en train de sortir les affaires du coffre, ses enfants attendaient de lui qu'il soit un héros. Quant au chien, il faisait peine à voir.

La première petite ville qu'ils traversèrent s'appelait Lincoln City. Il n'y avait pas un commerce ouvert. Pas la moindre lumière, mis à part les réverbères.

Richard, les mains crispées sur le volant, cherchait désespérément le vétérinaire de garde. Derrière lui, les deux gosses reniflaient en se tenant la main.

Il trouva enfin la « clinique vétérinaire Hughart ».

En bon chef de famille, Richard alla lui-même frapper à la porte.

Un vieil homme vint ouvrir.

— Bonsoir, docteur. Je vous amène un chien, nous l'avons heurté avec la voiture.

— Je vais voir ce que je peux faire.

Le vétérinaire ne semblait pas surpris. Il devait avoir l'habitude de ce genre de drame.

— La pauvre bête a l'air bien mal en point, ajouta Richard.

Ils allèrent ouvrir le coffre.

Le labrador était toujours vivant, il paraissait même avoir repris un peu de forces. Sa respiration était plus profonde, plus régulière.

Le vétérinaire regarda l'animal, puis les deux enfants dans la voiture, qui se tenaient la main en observant ce qui se passait.

Richard lut dans ses yeux que le chien n'avait aucune chance de s'en tirer.

— Ce n'est pas votre chien?
— Non, docteur, et il n'a pas de collier, pas de tatouage.
— Aidez-moi à le porter jusqu'à la salle de chirurgie.
Megan cria d'un air affolé :
— Il va guérir?
— Oui, ma belle, soupira le vieil homme. J'ai des médicaments très efficaces.
Richard se dit que le médecin avait compris, qu'il aimait les enfants et ne voulait pas leur briser le cœur.
— On va revenir le voir? demanda Rory.
Sa mère répondit :
— Non, chéri, on va le laisser. Mais le monsieur va en prendre soin, ne t'inquiète pas.
Les deux hommes transportèrent la bête dans la couverture. Une fois dans la clinique, le vétérinaire l'examina rapidement et déclara :
— Étrange. Ce chien brûle de fièvre. Je n'ai jamais vu cela.
— C'est peut-être dû au choc? proposa Richard, navré.
— Peut-être.
Richard, ayant remercié le médecin de sa gentillesse, retourna auprès des siens.
Il hésita : devait-il laisser sa carte de visite pour qu'on lui envoie la note?
Il préféra ne pas réfléchir au problème plus longtemps et se remit au volant.
— Je m'occupe de tout, dit-il, comme si cela résumait et simplifiait à la fois la situation.
Sur ces bonnes paroles, il redémarra. Il avait des poils et du sang du pauvre animal sur les mains.

Le long de la route, le vent gémissait dans les arbres.

Décidément, les vacances commençaient mal.

Les enfants avaient toujours les larmes aux yeux.

5

Hôpital de la Pitié
Portland, Oregon
Mardi, 10 h 03

Temps gris, sale matinée.

Il faisait froid, il y avait de la brume, et il allait pleuvoir... une journée typique pour la bonne ville de Portland !

Scully refusa de se laisser déprimer par la météo. Après tout, peu lui importait le temps qu'il faisait dehors, puisqu'elle allait passer la majeure partie de la journée dans la morgue municipale en compagnie de Mulder !

Dana avait pratiqué beaucoup d'autopsies, depuis le début de sa carrière. Elle avait l'habitude de sortir des cadavres du tiroir d'un réfrigérateur géant. Cela ne la gênait plus. Mais elle avait toujours du mal à s'habituer à l'atmosphère des lieux.

L'institut médico-légal de Portland, comme la plupart des morgues du pays, se trouvait au dernier sous-sol de l'hôpital central. Les murs étaient en béton, personne ne traînait dans le coin.

Sinistre.

Le Dr Frank Quinton, médecin légiste, était un homme d'une cinquantaine d'années aux cheveux blancs et au visage souriant.

En voyant son expression et son air de médecin de famille, Scully se dit qu'il jouait la comédie, comme tous les médecins légistes du monde.

Combien d'adolescents morts dans des accidents de moto avait-il examinés ? Combien de suicides et de meurtres avait-il étudiés ? Combien de cadavres avait-il dépecés ?

Son air chaleureux était une façade polie, une façon de se contrôler.

Il serra la main aux deux agents fédéraux.

— Merci de nous recevoir, docteur, commença Mulder. Comme je vous l'ai expliqué au téléphone, l'agent Scully ici présente est elle-même médecin. J'ai pensé que son avis pourrait nous être utile.

Dana s'avança.

— Je vais simplement jeter un coup d'œil au cadavre, dit-elle. J'ai lu votre rapport. Je ne vois vraiment pas ce qui a pu provoquer de telles tumeurs foudroyantes. Il va falloir attendre les conclusions du Centre national d'épidémiologie.

Le médecin hocha la tête.

— Cette affaire est effectivement terrifiante. Je n'ai jamais rien vu de tel de toute ma carrière ! Croyez-moi, je serais heureux si vous pouviez contredire mon diagnostic. Mais, si je ne me trompe pas, nous avons affaire à une maladie nouvelle, et nous sommes désarmés. J'ai mis le corps dans une chambre froide spéciale, et j'ai utilisé les désinfectants habituels, comme le stipule le règlement.

Il fit signe à son assistant de lui apporter le bloc-notes qui se trouvait sur la table. Le jeune homme obéit comme un chien apporte une balle à son maître.

Le Dr Quinton avait un admirateur...

— Notre homme est dans le casier 4E.

Ils avancèrent dans le couloir. Les murs étaient entièrement composés de tiroirs, chacun contenant un cadavre.

La plupart de ces gens étaient morts de mort naturelle : crise cardiaque, vieillesse...

Mais le tiroir 4E était différent. On l'avait scellé avec du ruban officiel jaune et noir. L'étiquette DANGER DE CONTAMINATION BIOLOGIQUE était collée en dessous du numéro.

— Merci, Edmund, vous pouvez nous accompagner, dit le médecin à son assistant.

Scully était intriguée par cette affaire, mais Mulder trépignait littéralement sur place.

Quinton fit son rapport oral :

— Lorsqu'on nous a apporté le corps, nous avons vu les tumeurs, les bleus, les bubons. Normalement, ce genre de symptômes n'apparaît que dans des maladies qui ont une évolution lente. Heureusement pour tout le monde, les policiers qui ont trouvé la victime étaient prudents. Quand ils ont vu l'aspect horrible des tumescences, ils ont pris des précautions élémentaires : gants, sac plastique à fermeture Éclair... Lorsque le cadavre est arrivé, nous avons jeté dans l'incinérateur tout ce qui avait été en contact avec lui. J'ai pratiqué mon premier examen dans les conditions habituelles pour une quarantaine. Au fait, le corps était recouvert d'une sorte de mucus, une substance visqueuse.

— Visqueuse ? répéta Mulder, intrigué.

Le médecin, aidé de son assistant, retira les scellés, puis l'étiquette prévenant qu'il y avait risque de contamination.

Il ouvrit le tiroir. Le « sac à viande » était orné d'une autre étiquette : NE PAS OUVRIR. PIÈCE À CONVICTION. POLICE.

Une triste étiquette que les deux agents connaissaient trop bien.

Edmund enfila une paire de gants stériles et tira la plaque supportant le sac jusqu'à son extrémité.

Une brume blanche monta dans la pièce, la température chuta aussitôt.

Il ouvrit le sac, puis souleva lentement le drap qui recouvrait le corps, exactement comme un styliste découvre sa dernière création devant la presse.

— Vous allez voir ça ! murmura-t-il. On en voit de drôles ici, mais des types dans cet état, jamais !

Il s'écarta. Mulder, Scully et Quinton s'avancèrent. Leur respiration était rendue visible par le froid.

L'odeur des désinfectants était lourde et entêtante. Tous sentirent leurs yeux piquer.

Dana se pencha pour contempler l'horrible spectacle qui s'offrait à elle...

Effectivement, jamais elle n'avait rien vu de pareil. Le corps du garde était couvert de sang coagulé et d'hématomes. Il avait des bosses étranges sur les membres et le torse, on aurait dit que du pop-corn avait éclaté un peu partout sous sa peau.

Elle se mordit la lèvre.

— Je ne comprends pas, dit-elle. Comment ces tumeurs ont-elles pu se développer aussi rapidement ? La vitesse de reproduction des cellules humaines rend une telle chose impossible.

Elle se pencha pour examiner le corps de plus près. Il était recouvert d'une fine pellicule de mucosités, gluante.

— Nous avons traité ce cas en partant du principe qu'il peut se révéler hautement contagieux, fit Quinton. Les spécialistes du C.D.C., le centre qui gère les alertes épidémiologiques, sont en train de procéder aux analyses. Ils devraient nous faire parvenir leurs résultats d'un jour à l'autre. J'ai fait mes propres petits tests, mais les conditions de sécurité requises sont telles que je suis limité dans mes options. De plus, nous n'avons pas le matériel nécessaire, dans cet hôpital.

Scully jeta un coup d'œil vers son coéquipier.

— Pour une fois, je ne vais pas te contredire : cette affaire est réellement étrange.

L'assistant du légiste lui passa une paire de gants en latex. Dana les déplia et les enfila rapidement, puis tendit la main pour toucher le corps du défunt...

Elle sursauta.

En temps normal, un cadavre était froid au toucher et rigide. Mais celui-ci était brûlant.

— Quand exactement vous a-t-on apporté cet homme ?

— Dimanche soir, répondit le Dr Quinton.

De là où elle était, Scully pouvait sentir le froid intense qui montait du mur frigorifique.

— Quelle est la température corporelle de ce sujet ? demanda-t-elle.

Le médecin posa une main — gantée, bien entendu — sur le cadavre. Il changea immédiatement d'expression et se tourna vers son fidèle assistant qui le regardait toujours d'un air béat.

— Edmund, qu'est-ce qui se passe ? Est-ce que ces fichus frigos sont encore en panne ? Ce type est chaud ! Il faut qu'il reste froid, sinon il va commencer à se détériorer, et la police n'aura plus rien comme preuves. Et pensez à la quarantaine !

L'assistant bredouilla une vague excuse.

— Je... je vais chercher l'équipe de maintenance, monsieur. Euh... non, je vais d'abord regarder là...

Il ouvrit une trappe dans le mur, révélant les commandes du gigantesque frigo de la morgue.

— Mais je ne comprends pas, ajouta-t-il. Tout semble fonctionner normalement...

Quinton jura.

— Venez donc le toucher vous-même, si vous ne me croyez pas !

Edmund se mit à trembler : son patron, son héros, venait de lui parler durement !

— Ah, euh... non... je vous crois, monsieur, bien entendu ! Je vais chercher la... l'équipe... oui, c'est ça, l'équipe.

— Dépêchez-vous !

Le médecin retira ses gants avec une expression

dégoûtée. Scully fit de même. Ils allèrent se désinfecter les mains ensemble.

— J'espère sincèrement que ces frigos ne vont pas se remettre à dérailler maintenant, dit-il. Je ne voudrais pas qu'un cadavre dans un tel état se mette à sentir !

6

Maison de la famille Kennessy
Tigard, Oregon
Mardi, 12 h 17

La maison était bâtie sur le même modèle que toutes les autres dans la rue. Ce quartier de la banlieue de Portland était paisible. L'alignement de toits et de jardins d'une similarité parfaite donnait un air faussement bourgeois à l'endroit.

Mulder observa la baraque.

— Étrange. J'aurais imaginé que la demeure d'un directeur de recherches serait plus impressionnante que cela. J'aurais bien vu une blouse blanche flottant au vent au-dessus de la boîte aux lettres, et des tubes à essais autour des massifs de pétunias !

— Les chercheurs ne gagnent pas aussi bien leur vie que la plupart des gens le croient, rétorqua Scully. Ils ne passent pas leur temps à jouer au golf à côté de leur piscine. Et puis...

Elle soupira avant d'ajouter tristement :

— ... nous savons que les Kennessy avaient beaucoup de... frais particulièrement lourds.

Les deux partenaires avaient obtenu des informations sur les habitants des lieux. La leucémie galopante qui rongeait leur fils les avait ruinés. Ils avaient dépensé jusqu'à leur dernier dollar pour payer ses traitements.

Dana suivit son coéquipier jusqu'à la petite grille d'entrée. Il y avait deux marches jusqu'à la porte de la maison. Fox remarqua un cactus géant, planté près du garage, qui tranchait sur le style du jardin.

Il faisait froid et humide. Mulder se passa la main dans les cheveux, sa compagne vérifia que son tailleur était correctement boutonné.

Ayant vu l'épouvantable état du cadavre à la morgue, Scully devait à tout prix découvrir ce que le scientifique avait bien pu fabriquer dans ses labos. Tous les documents en rapport avec l'activité de DyMar avaient été détruits lors de l'incendie. Fox n'avait même pas réussi à découvrir qui, au sein du gouvernement fédéral, gérait le financement des laboratoires en question.

Mulder s'intéressait à cette affaire à cause du mystère qui l'entourait, Scully pour l'aspect scientifique de la chose.

Cependant, elle savait que Patricia, la veuve de Kennessy, ne serait certainement pas capable de les renseigner. Les scientifiques parlent rarement de leurs travaux à la maison. Mais la situation était suffisamment préoccupante pour qu'ils aillent voir toutes les personnes qui connaissaient le savant, même si cela signifiait pour eux une perte de temps.

Et puis, elle avait envie de voir le petit Jody.

Tout en approchant de la porte, Mulder regarda autour de lui. Les rideaux aux fenêtres étaient tirés, le garage était fermé. Aucun signe de vie.

Il vit alors par terre un journal qui traînait avec du courrier pas encore lu.

C'était le *Portland Oregonian,* édition spéciale de dimanche... Et on était mardi !

— D'après mes renseignements, dit-il, Patricia Kennessy est architecte. Elle a conçu plusieurs grands immeubles d'affaires. Imagine ce qu'elle a dû endurer ici : vivre dans cette villa préfabriquée, dans ce quartier sans âme !

Scully lui jeta un coup d'œil moqueur.

— Je trouve que cet endroit est tout de même mieux que ton appartement !

Il dédaigna de répondre et allait appuyer sur le bouton de la sonnette, quand soudain Dana l'arrêta.

— Regarde !

Quelqu'un avait trafiqué la serrure de la porte. On l'avait fait sauter au pied-de-biche, puis on avait grossièrement remis les morceaux de bois en place afin que les passants ne puissent rien voir de la rue.

— Mulder, je crois que, vu les circonstances, nous pouvons entrer sans mandat de perquisition...

Fox n'eut aucun mal à ouvrir la porte.

— Agents fédéraux, on ne bouge plus ! cria-t-il par principe.

Seul l'écho de la grande maison lui répondit.

La demeure avait été mise à sac. On ne s'était pas contenté de vider les tiroirs, mais on avait également arraché les lattes du parquet, renversé la commode et la bibliothèque, déchiré la couverture de tous les livres, sans exception.

Les poings sur ses hanches, Scully secoua la tête.

— J'ai comme l'impression que nous ne trouverons personne ici. Nous arrivons trop tard.

Ils fouillèrent cependant, par acquit de conscience, toutes les pièces de la maison.

Dana se demandait qui avait pu ainsi saccager les lieux. Les manifestants écolos qui avaient incendié les laboratoires DyMar n'avaient aucune raison de s'en prendre à la famille ou à la demeure de David Kennessy.

Est-ce que Patricia et Jody étaient là lorsque les criminels étaient arrivés ?

Fox dut lire ses pensées, car il murmura :

— Ils ont dû être enlevés.

— Oui, ou tués.

Ils visitèrent toutes les chambres. Scully avait peur de découvrir la mère et le fils bâillonnés, attachés, ou simplement abattus sur place, d'une balle dans la tête.

Mais ils ne trouvèrent personne.

— Il faut appeler le labo, fit Mulder. Nous avons besoin de savoir si le ou les criminels ont laissé des empreintes digitales sur ce qu'ils ont touché.

Pour une raison inconnue, les bandits s'étaient acharnés sur la chambre du petit Jody. Son lit était sens dessus dessous, le matelas lacéré et éventré, les meubles démontés, les jouets cassés.

— Tout ceci n'a aucun sens, tant de violence et tant de précision... ils n'ont rien oublié !

Dana termina sa phrase par un soupir. Mulder avait ramassé par terre ce qui restait d'une maquette d'un vaisseau spatial du film *Independence Day*. Le pauvre petit garçon avait dû l'assembler avec soin et amour.

Il se redressa et posa l'objet.

— L'attentat contre DyMar et la mort du Dr Kennessy remontent à deux semaines. Nous ne savons pas quand les vandales sont venus saccager cette maison. Les voisins n'ont rien signalé d'anormal.

— Le petit Jody était sous traitement. Il devait aller et venir, passer de longs séjours à l'hôpital, peut-être même quitter l'État pour consulter des spécialistes à New York. Les voisins doivent avoir l'habitude de voir cette baraque inoccupée.

Scully ramassa un petit avion aux ailes brisées. Un fil de nylon y était attaché. Il devait être pendu au plafond avant le drame. Qui pouvait s'amuser à casser des jouets d'enfant ? On avait ouvert le fuselage. Que cherchait-on ?

— Bon, je crois que nous devrions aller voir ce qui reste des labos de DyMar, proposa Mulder.

Scully sentit une vague de nausée l'envahir. Elle se reprit, mais elle ne pouvait s'empêcher d'imaginer la maman et son fils hurlant, terrifiés, à la merci de leurs ennemis.

Avaient-ils seulement eu le temps de comprendre ce qui se passait ?

Le plus triste, se dit-elle, était que le petit Jody

avait dû avoir très peur. Le malheureux était déjà affaibli par le cancer. Il savait certainement qu'il était condamné à mort. Si on avait enlevé cet enfant, alors on l'avait empêché de continuer les traitements qui lui étaient indispensables. C'était un crime. Le pauvre gosse avait déjà assez souffert.

Scully suivit Mulder dans la cuisine. Ils durent faire très attention pour ne pas marcher sur les éclats de verre et les tasses brisées qui jonchaient le sol.

Les vandales qui étaient venus ici ne pouvaient pas espérer trouver quelque chose dans des verres à soda ! Ils avaient simplement tout cassé pour le plaisir !

Dana serra les poings. La colère montait en elle.

— Il faut ouvrir un nouveau dossier pour cette affaire : c'est un kidnapping. Le petit Jody n'avait plus que quelques mois à vivre. Il devrait être à l'hôpital.

Son compagnon examina de près une écuelle pour chien en plastique orange. On avait écrit dessus le nom : VADOR.

Les croquettes qu'elle contenait étaient toutes moisies.

— Scully, un groupe de dingues pouvait avoir l'intention de kidnapper Jody et Patricia Kennessy, d'accord, mais qu'ont-ils fait du chien ? Où est-il ? Si cela fait plusieurs jours qu'il n'a pas mangé, il devrait être en train d'aboyer devant le frigo !

Sa partenaire fronça les sourcils.

— À moins qu'ils n'aient enlevé le chien aussi.

Amusé, Mulder se gratta le menton.

— Le chien ? Pourquoi des kidnappeurs s'encombreraient-ils d'un toutou ?

Un long silence.

— Bon, nous allons ajouter le nom de Vador à la liste des personnes disparues, conclut Mulder.

Scully jeta un dernier coup d'œil à la cuisine.

— Je sens que cette affaire ne va pas être de tout repos.

7

Rase campagne
Quelque part dans l'Oregon
Mardi, 14 h 05

Personne ne les trouverait jamais, dans cette cabane au fin fond des collines immenses de l'Oregon sauvage...

Seuls, désespérés, Patricia et Jody Kennessy essayaient de ne pas abandonner la partie et de continuer à vivre normalement, ou du moins à faire semblant.

Et ils n'y arrivaient pas ! Jour après jour, la peur était leur univers. La moindre des ombres les faisait sursauter. Les bruits de la nuit les terrifiaient. Mais ils n'avaient d'autre choix que de supporter leurs terreurs. Patricia avait décidé que son fils se sortirait de cette histoire !

Elle se dirigea vers la petite fenêtre, écarta les rideaux et contempla son petit Jody, qui trompait son ennui en envoyant une balle de tennis contre le mur extérieur. Chaque impact résonnait comme le claquement d'un coup de feu.

N'importe qui pouvait le voir, là où il se tenait, mais il était suffisamment loin de la lisière de la forêt pour avoir le temps de s'enfuir si un danger se présentait.

Patricia connaissait bien ce chalet. C'était elle qui l'avait dessiné pour l'associé de son époux : Jeremy Dorman. Autrefois, elle aimait beaucoup cet endroit. Mais les choses avaient changé. Et pas seulement les choses, le paysage aussi : la déforestation n'était pas un mot abstrait dans cette région. Depuis le chalet, on pouvait voir de larges carrés taillés par les bûcherons dans la vaste forêt qui couvrait les flancs des collines sans fin.

Pat avait conçu cette baraque pour qu'elle puisse être un refuge, un lieu de solitude, de méditation. Cet endroit était devenu une prison dont les grilles s'étaient refermées sur elle et son enfant.

Personne ne les retrouverait, ici.

Un petit bimoteur passa dans le lointain, sous les nuages légers. Avec la distance, son vrombissement ressemblait à celui d'un gros insecte.

Patricia le surveilla attentivement afin d'être certaine qu'il s'éloignait sans prendre de photos. Elle était sur le qui-vive. L'angoisse était son lot quotidien depuis l'assaut... Et Jody restait si stoïque, si courageux... exactement comme lorsqu'on lui avait expliqué qu'il avait une leucémie.

Pour Pat, la conspiration, les tueurs, tout cela importait peu, car rien ne pouvait être plus affreux, plus terrifiant, que de voir son propre enfant mourir...

Jody lança de nouveau la balle et manqua le mur. La balle roula dans l'herbe. Il s'amusa à aller la chercher et à la pousser du pied comme un footballeur. Patricia se colla contre la fenêtre afin de mieux voir ce qu'il faisait.

Depuis l'incendie, plus question de perdre le petit des yeux, ne fût-ce qu'une seconde...

Il avait l'air d'aller beaucoup mieux, maintenant. Pat ne savait plus si elle devait bénir ou maudire son mari pour ce qu'il avait fait.

Le petit garçon supportait la situation sans problème. Cela faisait une semaine et demie qu'ils étaient dans cet endroit perdu. Mais lui n'avait plus peur... il était trop occupé à tromper son ennui.

Un enfant si gai, si charmant, si courageux.

Huit ans, l'âge de l'enfance insouciante... Mais Jody n'était plus un enfant comme les autres. Il avait bien d'autres problèmes. Le destin n'avait pas encore décidé s'il allait vivre ou mourir.

Patricia sortit de la maison en faisant bien attention de ne pas montrer son inquiétude.

Pour une fois, les nuages s'étaient écartés, et on pouvait voir le ciel, si beau dans cette région. Il y avait encore de l'humidité dans l'air. Il avait plu la nuit précédente, un orage terrible. Pat s'était réveillée en sursaut et avait contemplé le plafond pendant des heures tout en écoutant la pluie tomber et le vent siffler.

En cette belle fin d'après-midi, l'orage était loin. Les pins bruissaient. La boue qui recouvrait le chemin menant à la nationale séchait lentement.

Personne, en théorie, ne connaissait l'existence de ce chalet. Jeremy Dorman n'avait ni téléphone ni électricité. L'isolement le plus total... Mais Patricia ne croyait pas à la perfection en ce monde. Elle espérait que personne n'aurait l'idée de venir les chercher ici, au milieu de nulle part.

Soudain, l'enfant envoya sa balle dans une flaque de boue. Il jura entre ses dents et courut la récupérer, son expression trahissant sa colère.

Patricia se dit qu'il devenait tous les jours un peu plus comme son père : impulsif !

Découvrant que sa balle était trempée et donc inutilisable, il la jeta contre un arbre dans un geste de colère.

Sa mère s'approcha de lui et sourit gentiment.

— Qu'est-ce qu'il y a, chéri ?

Jody se dandina d'un pied sur l'autre en fixant le sol. Il avait quelque chose sur le cœur.

Dans le lointain, on entendit soudain passer un camion chargé de bois fraîchement coupé.

L'enfant leva les yeux, l'air affolé.

— Chéri, dis-moi ce qui ne va pas !

— C'est à cause de Darth Vador, expliqua-t-il enfin. Il est sorti hier soir, il n'est pas encore revenu.

Patricia se sentit soulagée. Pendant un court instant, elle avait cru que son fils était contrarié parce qu'il avait vu des étrangers traîner dans le coin, ou parce qu'on avait parlé de son père à la radio.

Le chien... oui, elle comprenait.

— Ne t'en fais pas, Jody. Vador est un malin, il ne peut rien lui arriver dans ces bois.

Le garçon et le chien avaient le même âge. Ils avaient grandi ensemble. Pat sourit en pensant à son brave labrador noir, le plus fidèle de tous les amis.

Sept ans auparavant, tout semblait aller merveilleusement bien. Patricia revoyait encore son fils, en couches-culottes, assis au milieu du labo, essayant de dire « papa », « maman » et « Darth Vador ». Mais ce dernier nom était plus difficile. Il disait tout juste « Narf Vrrrr ». Le chien répondait en grognant gentiment.

Que de fois David et Patricia avaient ri en observant leur fils jouer avec l'animal ! Ce dernier essayait de courir sur le sol carrelé du labo, mais ses griffes le faisaient glisser. Il tournait, tant bien que mal, autour du bébé qui battait des mains en se tortillant sur ses petites fesses dodues.

Ces jours heureux semblaient si loin, aujourd'hui. Tout avait changé la nuit fatale où elle avait reçu le coup de fil de son mari. Il appelait du labo, il appelait au secours.

Patricia n'avait plus eu une seconde de paix depuis cet instant.

— Maman, et si Vador était tombé dans un fossé ? S'il est blessé, il ne pourra pas rentrer seul.

Pat sentit son cœur se serrer. Le petit garçon avait les larmes aux yeux.

— Maman, insista-t-il, et s'il s'était pris la patte dans un des pièges que mettent les chasseurs ? Ou si un chasseur lui avait tiré dessus en le prenant pour un autre animal ?

Sa mère sourit.

— Ne t'en fais pas, mon amour. Vador va revenir. Il revient toujours vers toi, tu le sais bien.

Elle frissonna en regardant autour d'elle.

Oui, Vador revenait toujours...

D'habitude.

8

Hôpital de la Pitié
Salle d'autopsie
Portland, Oregon
Mardi, 14 h 24

Même à travers l'épaisseur de ses gants, Scully pouvait sentir la souplesse du cadavre. Elle prenait son temps pour examiner et palper le corps, sachant qu'elle ne risquait rien puisque le caoutchouc la protégeait de tout risque de contamination.

Le masque qui l'alimentait en oxygène lui soufflait un air sec dans le nez. Ses yeux la piquaient. Elle aurait voulu se gratter, mais la combinaison qu'elle portait ne permettait pas ce genre de fantaisie. Il n'y avait aucune place pour le confort dans cette opération.

Elle avait posé son dictaphone sur la table à instruments. Le petit appareil était réglé pour enregistrer dès qu'elle parlerait. Mais elle ne disait rien.

Plus elle progressait dans l'examen, plus elle découvrait des symptômes inexplicables, des détails horribles.

Elle continua de tout passer en revue, chaque organe...

Durant la courte période où le service des affaires non classées, celui de Mulder, avait été fermé, elle avait été envoyée enseigner à Quantico, l'académie de formation des agents du F.B.I.

Jamais elle n'aurait imaginé décrire à ses étudiants une chose aussi impensable que le corps de Vernon Ruckman.

Face à l'inconnu, il convenait de suivre la routine afin de ne pas se laisser distraire par les nombreuses surprises que l'on pouvait rencontrer.

— Test, test, dit-elle, sa voix étouffée par le masque.

Le magnéto se mit en marche. Elle poursuivit donc :

— Nom du sujet : Vernon Ruckman. Âge : environ trente-deux ans. Poids : soixante-quinze kilos. État général bon. Il semble avoir été en parfaite santé jusqu'à... ce qui lui est arrivé.

Elle regarda le corps couvert de bosses et de taches. Des bourrelets remplis de sang coagulé s'étaient formés sous les yeux. Le visage du malheureux s'était figé en une expression d'horreur absolue. Il avait les lèvres entrouvertes.

— Heureusement, reprit-elle, les conditions de quarantaine ont été observées dès qu'on a découvert le corps. Je ne sais pas de quoi est mort cet individu, mais je suis persuadée qu'il s'agit d'une maladie particulièrement virulente.

Scully soupira et en arriva au vif du sujet :

— Les symptômes externes — ganglions, boursouflures sous la peau — me font penser à la peste bubonique, le mal qui a tué les neuf dixièmes des habitants de l'Europe, au Moyen Âge. Cependant, même la forme la plus foudroyante de la peste, la variété pneumonique, mettait quelques jours à achever sa victime. Je ne connais aucune souche qui puisse tuer un homme aussi rapidement. Les toxines qui s'attaquent au système nerveux soit sont trop lentes, soit provoquent des symptômes moins impressionnants que ceux-ci.

Elle toucha le bras de Ruckman. Sa peau pendait sur ses biceps comme une draperie.

— Il semble que les tissus qui reliaient l'épiderme aux muscles aient été sévèrement endommagés, voire détruits. Pour ce qui est des muscles eux-mêmes...

Elle pressa le bras. Au lieu de la consistance rigide habituelle, il était mou.

— ... les muscles, reprit-elle, me font penser à... de la viande avariée, ramollie.

Soudain, la peau se craquela et se fendit sous ses doigts. Scully recula, surprise. Un liquide blanchâtre, sirupeux, épais, coula de la plaie.

— Étrange. Une substance vient de se mettre à couler d'une plaie. Un genre de mucus qui a dû s'accumuler sous la peau du sujet. Mes manipulations l'ont libéré.

Elle plongea le bout de ses doigts dedans et les frotta l'un contre l'autre. Le liquide colla, puis changea de texture, dégoulina et retomba sur le corps.

— Je n'ai jamais rien vu de semblable.

Dana soupira.

— Continuons avec l'examen de la cavité abdominale.

Elle attira à elle la table roulante chargée de bistouris, forceps et autres instruments chirurgicaux.

Il fallait qu'elle ouvre le torse de cet homme au scalpel sans pour autant couper ses gants de protection.

Ce travail demandait de la force. Le corps d'un mort n'était pas chose facile à ouvrir. Il fallait un écarteur pour faire céder les côtes.

Elle avait trop chaud avec sa combinaison et dut s'arrêter à deux reprises pour attendre que la sueur qui coulait dans ses yeux s'évapore un peu.

Dana réussit enfin, et plongea la main dans le ventre de Ruckman, cherchant les organes à tâtons.

Inventaire habituel : prélever les poumons, le foie, le cœur, les intestins ; puis les peser un à un.

— Il est très difficile de différencier les organes les uns des autres. Cela est dû à la présence de centaines de tumeurs... je crois qu'on peut parler de milliers de tumeurs !

Le corps du malheureux était plein de

boules, de renflements... un vrai nœud de vipères. Les réseaux ainsi dessinés étaient d'une complexité extrême. Elle remarqua, en déplaçant les organes, que ces tumeurs et les canaux qui saillaient sous la chair bougeaient avec chaque mouvement. Ils avaient l'air habités par un élément vivant. L'impression était très troublante.

Scully se raisonna et se dit que l'autopsie ainsi que le passage en chambre froide et les supposés problèmes de réfrigération qui avaient suivi avaient très bien pu affecter le cadavre, qui n'était pas en bonne condition à son arrivée.

Elle découvrit des poches remplies du mucus qui avait coulé du bras. Les poumons, en particulier, contenaient en leur centre une sorte de réserve de liquide.

Scully prit un échantillon qu'elle versa dans deux éprouvettes. Elle mit les deux tubes dans un bidon spécial, marqué :

NE PAS OUVRIR — DANGER EXTRÊME DE CONTAMINATION BIOLOGIQUE.

Elle allait analyser cette substance elle-même, mais elle voulait également que les spécialistes du C. D. C. puissent y jeter un coup d'œil. Après tout, peut-être avaient-ils déjà rencontré un agent pathogène semblable à celui qui était contenu dans cette saleté ! Il ne fallait rien laisser au hasard.

— Ma première conclusion tient de la plus pure spéculation, dit-elle en regardant le magnéto se remettre en marche. Je pense que les expériences biologiques que le Dr David Kennessy conduisait à DyMar pourraient avoir produit un nouvel organisme. Personne ne sait exactement en quoi consistaient ses recherches. Nous en sommes donc réduits à imaginer ce qui a pu se passer.

Dana contempla le corps éventré de Ruckman. Le magnéto se mit en pause. Si la situation était aussi grave qu'elle le craignait, alors Mulder et elle ne seraient jamais capables de trouver la solution. Il leur faudrait de l'aide.

— Les tumeurs qui pullulent dans le corps sont la preuve que les cellules se sont multipliées à une vitesse incroyable. Kennessy s'était spécialisé dans la lutte contre le cancer. Serait-il possible qu'au cours de son travail il ait fabriqué un nouveau type de cancer, un cancer foudroyant ?

L'idée était terrifiante. Elle respira à fond avant de reprendre :

— Je n'ai aucune preuve qui puisse venir appuyer cette théorie. Mais ce que je viens de voir au cours de l'autopsie de Vernon Ruckman m'oblige à considérer cette hypothèse. N'oublions pas que le sujet était en parfaite santé quelques heures avant de mourir.

Scully avait interrogé la petite amie du défunt, une baba cool qui était serveuse à mi-temps dans un snack-bar et voulait devenir poète. Elle disait s'être promenée avec Vernon, puis avoir fait l'amour avec lui, juste avant qu'il ne parte travailler... « pour lui donner du courage ».

Apparemment, Ruckman aimait bien s'envoyer en l'air avant le boulot. Son job le déprimait.

La fille avait ajouté, lors de l'interrogatoire :

— J'ai vu la peau de Vernon ce soir-là, toute sa peau, et de près, O.K. ? Vous voyez ce que je veux dire ? Et elle était parfaitement normale, je vous le jure !

Elle avait eu l'air outrée qu'on puisse mettre sa parole ou son sens de l'observation en doute.

Dana regarda le cadavre. Si ce pauvre type avait déjà eu des symptômes, sa copine les aurait remarqués. Ils étaient trop horribles et voyants.

Donc, la contamination et la mort qui avait suivi s'étaient déroulées en quelques heures à peine.

Vernon n'avait pas eu le temps de se faire soigner, pas même le temps de comprendre ce qui lui arrivait.

Scully, elle aussi, avait un cancer, une masse nasopharyngée inopérable. Elle se savait condamnée, mais elle avait au minimum quelques mois, au mieux quelques années devant elle...

[illegible] de Verneuil [illegible]

[illegible]

[illegible] la mort [illegible]

[illegible]

9

Clinique vétérinaire Hughart
Lincoln City, Oregon
Mardi, 1 h 11 du matin

Le Dr Elliott Hughart avait le choix entre laisser le labrador mourir de ses blessures et l'achever d'une piqûre appropriée.

Cela faisait des dizaines d'années qu'il était vétérinaire. Il avait dû prendre ce genre de décision des centaines de fois.

Mais la chose n'était pas devenue plus facile pour autant.

Le chien était couché sur la table. Il respirait encore. La pauvre bête s'accrochait à la vie.

Les autres bêtes enfermées dans des cages, dans la petite salle, s'étaient réveillées et semblaient attentives, comme si elles comprenaient ce qui se passait.

Dehors, il faisait nuit. L'air était frais, il pleuvait. Mais le docteur avait mal à la tête. L'odeur des produits chimiques combinée à celle des animaux était étouffante. Il ouvrit donc la porte qui donnait sur l'extérieur.

Cette salle était son vrai « chez-lui ». Il avait bien un appartement, à l'étage du dessus, mais il passait la majeure partie de son temps ici.

Le vieux véto ne gagnait pas beaucoup d'argent. Depuis qu'il avait ouvert la clinique, il s'était fait une clientèle et des amis... et on ne faisait pas payer ses amis ! De temps en temps, des gens de passage lui apportaient leur animal malade. Il arrivait aussi que des touristes renversent une bête et, afin de soulager leur sentiment de culpabilité, viennent la lui remettre afin qu'il fasse un miracle.

C'est ce qui s'était passé ce soir : les braves touristes étaient repartis sur leur petit bonhomme de chemin, laissant le docteur seul avec l'animal mourant.

Le labrador frémissait, grognait légèrement. Hughart avait fait le maximum : bandé ses côtes cassées, désinfecté les blessures. Du sang coulait de sa gueule sur la table.

Le pauvre animal n'avait aucune chance : fractures de la colonne vertébrale et du bassin, organes internes endommagés.

Et même si un miracle se produisait, même s'il guérissait, le chien était condamné à mort : n'ayant pas de tatouage ou de collier, il devait, légalement, être remis à la fourrière. Là, après quelques jours d'attente, on le piquerait.

Hughart soupira. Quel gâchis !

La bête frissonnait toujours. Sa température corporelle était extrêmement élevée. Le docteur n'avait jamais vu cela. Il se dit que le pauvre chien devait souffrir d'une infection, en plus de ses blessures, ce qui lui donnait de la fièvre.

Il lui fit donc une prise de sang, par routine, puis se livra à des analyses sur l'échantillon prélevé.

Ce qu'il découvrit le stupéfia.

D'autant plus que le labrador paraissait aller mieux : ses blessures semblaient se cicatriser...

Non, se dit le vétérinaire, ce ne pouvait être que le fruit de son imagination, de son désir de voir ce brave chien guérir.

Hughart souleva sa paupière gauche. L'œil était recouvert d'une substance laiteuse. Il était dans le coma, il n'y avait plus aucun espoir, il n'y en avait jamais eu.

Du sang coula de sa truffe.

— Cela suffit.

Le vétérinaire décida que la pauvre bête avait assez souffert comme ça. Il allait mettre un terme à son agonie.

Il prit un flacon dans une armoire fermée à clé.

Le labrador ne broncha pas lorsqu'il lui inséra l'aiguille dans le cou. Il injecta une forte dose, afin que l'animal ne souffre pas — et aussi parce qu'il ne connaissait pas son poids exact.

— Au revoir, toutou. Tu vas aller au paradis des chiens, là où on peut pourchasser les lapins sans se faire écraser par une voiture.

Il n'y avait plus qu'à attendre, maintenant.

Si les propriétaires de ce chien venaient le chercher — ce qui était bien peu probable —, ils comprendraient, vu l'étendue de ses blessures, que le vétérinaire n'avait pas eu le choix...

La porte qui donnait sur l'extérieur était toujours ouverte. Un petit souffle d'air rafraîchissait l'atmosphère.

Mais la température corporelle du chien ne baissait toujours pas. Le produit mettait du temps à faire son effet.

Intrigué, Hughart voulait en avoir le cœur net : pourquoi cet animal avait-il de la température ? Le traumatisme causé par l'accident ne pouvait en être la cause. Il fallait qu'il fasse des analyses plus poussées.

Il reprit l'échantillon de sang et alla dans le petit labo qu'il s'était aménagé au fond de la salle.

Primo, globules blancs.

Si ce chien était gravement malade avant l'accident, cela permettrait d'expliquer la fièvre et également pourquoi il n'avait pas pu éviter la voiture.

Il commença à travailler sur sa paillasse. Dans la salle derrière lui, les animaux en cage se mirent soudain à pousser des cris.

Le vétérinaire n'y prêta pas attention.

Il alluma une lampe et posa une goutte de sang sur une lame qu'il glissa sous son microscope.

— Impossible !

Le chien devait être mort à présent, terrassé par le poison... mais ce sang, son sang, était *vivant !*

En plus des globules blancs et rouges et des plaquettes, Hughart distingua des composants qu'il n'avait jamais vus auparavant et qui avaient des reflets argentés... des petits cristaux en forme de gousses d'ail qui bougeaient !

On aurait dit que ce sang était infesté par un parasite ou un virus particulièrement actif.

Les taches argentées filaient autour des cellules, comme si elles avaient une mission à remplir.

— C'est complètement fou, murmura-t-il.

Sa voix résonna dans la petite pièce. Il parlait parfois aux animaux, mais il n'avait pas pour habitude de penser à voix haute.

Pour une fois, il regrettait de ne pas avoir d'assistant, d'être seul pour observer cette extraordinaire découverte.

Cela faisait si longtemps que Hughart était vétérinaire. Il lisait les revues professionnelles, se tenait au courant des dernières nouveautés et croyait avoir tout vu.

Mais il n'avait jamais rien vu de semblable à cela.

Quelle maladie était-ce ? Il espérait qu'au moins ce n'était pas contagieux !

Il eut soudain froid dans le dos. Si le labrador était porteur d'une maladie inconnue, il allait falloir prévenir le C.D.C.

Le vieux vétérinaire savait quoi faire en cas d'épidémie classique. Mais ces trucs argentés ressemblaient à... oui, à des machines !

Il se frotta les yeux et regarda de nouveau, le cœur battant.

C'étaient bien des machines microscopiques, de petits robots peut-être, qui déplaçaient les cellules à toute vitesse, comme si elles suivaient un plan préétabli.

Soudain, les cris des animaux dans la salle devinrent des hurlements.

Hughart se retourna pour voir ce qui se passait.

Il se cogna dans un tabouret, et clopina en se tenant la hanche.

Les bêtes étaient toutes terrées au fond de leurs cages, elles avaient peur de quelque chose au centre de la pièce.

Le véto n'avait pas regardé en direction de la table d'opération — pour lui, le pauvre labrador était mort, la question ne se posait même pas.

À sa totale stupéfaction, il entendit un bruit de pattes sur le carrelage et vit une tache noire filer comme l'éclair et disparaître dans la nuit par la porte ouverte.

Il regarda la table.

Du sang, des poils, mais plus de chien !

Hughart resta bouche bée. Il n'arrivait pas à y croire : le labrador avait résisté à l'injection et s'était remis de ses blessures... il était même capable de galoper !

Il voulut courir après l'animal.

— Hé, toutou, gentil chien, reviens là !

Mais sa hanche lui faisait mal et l'animal était déjà loin.

10

Laboratoire de recherches DyMar
Portland, Oregon
Mardi, 16 h 50

Une colline au-dessus de la ville.

Un rayon de soleil fendit les nuages qui filaient dans le ciel de Portland. Mulder fit la grimace. Il aurait dû prendre ses lunettes de soleil. Il engagea sa voiture de location vers le parking de DyMar.

Le complexe avait été sévèrement endommagé par l'incendie, mais la plupart des structures restaient intactes. Les murs étaient noirs de fumée, des poutres s'étaient détachées des plafonds et tout le matériel de bureau — tables, fauteuils, classeurs, ordinateurs — était détruit. Le sol était jonché de débris de verre et de cendres.

Il regarda autour de lui.

— Wahou ! joli petit nid d'amour ! Juste quelques travaux de rénovation à faire. Il faut que j'en parle à mon agent immobilier...

Scully descendit de la voiture.

— Je ne veux pas te faire de la peine, Mulder, mais cet endroit est déjà vendu. On va tout démolir dans quelques jours pour construire un centre commercial.

Elle pivota pour admirer la ville de Portland. La vue était magnifique. On distinguait parfaitement la rivière sinueuse et ses ponts.

— Je trouve qu'ils vont un peu vite en besogne, grogna son associé. Cela ne nous laisse pas le temps de mener une enquête digne de ce nom!

Il ouvrit une grille à moitié effondrée. La police avait accroché partout des panneaux annonçant :

DANGER. NE PAS APPROCHER.
PÉRIMÈTRE INTERDIT.

Fox savait que ces pancartes n'étaient là que pour la forme. Jamais un pillard ou un petit curieux ne renoncerait à entrer ici à cause d'elles. En revanche...

Dana dut lire dans ses pensées.

— Ces écriteaux sont inutiles, commenta-t-elle. La mort de Vernon Ruckman a terrifié tout le monde. Personne n'a plus envie de pénétrer ici.

Elle entra à son tour, puis reprit :

— J'ai contacté les autorités locales. Je voulais savoir où en était leur enquête sur l'incendie criminel et la bombe. Ils m'ont répondu que les investigations suivent leur cours, ce qui veut dire qu'ils n'ont aucune piste.

Mulder haussa un sourcil.

— Attends, il y a eu une manifestation. Les personnes présentes étaient suffisamment nombreuses pour s'exciter les unes les autres et devenir agressives. Et tu me dis que la police n'arrive pas à identifier un seul de ces gugusses ?

— Les spécialistes du F.B.I. sont en train d'analyser la lettre de revendications. Nous devrions savoir, dans quelques heures, qui se cache derrière « Liberation Now ». Il paraît que la missive en question ressemble à du travail d'amateur. Avec un peu de chance, il y aura des empreintes digitales. Il se peut même qu'on arrive à identifier l'écriture.

Ils entrèrent dans le building principal.

L'odeur y était épouvantable : suie, plastique fondu, produits chimiques... Mulder toussa. Il vit sa partenaire se passer discrètement la main sur le visage, et réalisa soudain qu'elle saignait légèrement du nez.

Il sentit son cœur se serrer mais ne dit rien.

L'état de Scully ne pouvait qu'empirer, mais elle tenait à continuer son boulot. Il admirait beaucoup son courage...

Fox jeta un coup d'œil vers la route par laquelle ils étaient arrivés, et essaya d'imaginer un groupe de manifestants surgissant, fous furieux, prêts à tout casser.

Il inspira à fond pour s'éclaircir les idées.

— Je ne peux pas m'empêcher d'imaginer des paysans, portant des torches pour brûler le château, murmura-t-il.

Il considéra ce qui avait dû être le hall d'accueil du centre. Le faux plafond menaçait de s'effondrer. Les boiseries et le comptoir étaient noirs de suie, la moquette carbonisée.

— Des paysans qui viennent mettre à sac le laboratoire du savant fou, poursuivit-il.

Scully fixait du regard un panneau :

CENTRE DE RECHERCHES
CONTRE LE CANCER.

Elle haussa les épaules d'un air las.

— Que pouvaient bien craindre les émeutiers ? En temps normal, tout ce qui a trait à la lutte contre le cancer est sacré. Même les écolos les plus fanatiques respectent cette forme de recherche.

— Je ne crois pas que ce soit l'aspect anti-cancer qui intéressait les criminels.

Dana se tourna vers son partenaire.

— Tu penses à l'expérimentation sur les animaux ? Écoute, j'ai étudié les méthodes des groupes antivivisection. Il leur arrive de pénétrer par effraction dans un labo et de relâcher quelques rats ou quelques chiens. Mais ils ne vont jamais plus loin.

— Je crois que c'est la nanotechnologie qui les préoccupait, fit distraitement Mulder.

Scully fronça les sourcils.

— Quoi ? Mais nous n'avons rien qui prouve que Kennessy travaillait dans la nanotechnologie ! Il mentionne cette possibilité dans le vieux mémo que tu m'as montré, c'est tout !

— Certes, mais réfléchis un peu. Imagine que ce type ait réussi à construire des machines microscopiques qu'on peut injecter dans le corps humain pour qu'elles agissent comme des policiers biologiques, remettant de l'ordre parmi les cellules malades. Certaines personnes pourraient trouver une telle découverte extrêmement effrayante. Cela poserait des problèmes d'éthique...

Sa partenaire lui décocha un regard qui se voulait moqueur.

— J'ai lu des articles sur le sujet. Tout le monde semble d'accord pour dire que nous sommes bien loin de pouvoir faire de telles mini-machines !

— N'en sois pas si sûre ! L'an dernier, un gosse a gagné une bourse de la meilleure invention de l'année en fabriquant dans son garage un type de microcircuit mille fois plus dense que le dernier modèle de Pentium ! Si un gosse peut faire effectuer à la science un tel bond en avant, alors un vrai scientifique avec une bonne équipe et des fonds gouvernementaux peut également réussir.

— Je sais ce que tu vas dire : la miniaturisation informatique augmente de manière exponentielle. Mais il y a certainement une limite physique, un seuil à partir duquel on ne pourra plus réduire la taille des circuits imprimés.

Derrière eux, sur le parking, le vent se leva et souffla dans les pins, faisant bruisser les branches.

— Ce que tu dis est exact, Scully, mais certains scientifiques fondent leurs espoirs sur d'autres choses que les circuits imprimés. Les spécialistes de la recherche nanotechnique de Harvard, par exemple, essaient de voir si on ne pourrait pas imiter la nature et construire les machines à partir de rien. Ils se sont fixé comme but de concevoir des machines plus petites que des cellules avec des protéines et des acides aminés... pas avec des circuits imprimés !

Dana fit une moue et il poursuivit :

— Imagine ce que cela donnerait si on combinait la miniaturisation classique, qui va déjà crescendo, avec cette nouvelle forme : grâce à l'association des deux systèmes, l'humanité pourrait faire un bond en avant ! J'ai étudié de près le C.V. de Kennessy. C'était un biochimiste, mais il avait également travaillé à Silicon Valley. Il était sur un projet qui consistait à utiliser des rayons gamma et des rayons X afin de fabriquer les processeurs les plus minuscules qu'on ait jamais mis sur le marché.

Il essuya le revers de son veston taché de suie.

— De toute façon, j'ai demandé qu'on nous envoie un rapport complet sur l'état actuel de la recherche nanotechnique. Je pense que tu trouveras cette lecture passionnante.

— Ne me dis pas que tu as demandé ce rapport au Bureau !

Mulder prit un air mystérieux.

— J'ai mes informateurs...

Ils firent le tour de tous les bâtiments. Scully ne dit plus un mot. Mulder savait qu'elle se sentait personnellement impliquée dans cette enquête. Le travail de Kennessy aurait fort bien pu lui sauver la vie, du moins en théorie.

Il y avait du verre partout sur le sol. Par endroits, le plancher s'était effondré, révélant le premier sous-sol.

Fox s'accroupit pour prendre un bout de verre. Il était à demi fondu. La chaleur de l'incendie avait dû être extrême.

— Je pense qu'il était sur le point d'atteindre son but et qu'il avait pu avancer aussi vite parce qu'il avait accepté de ne pas respecter certaines règles éthiques. Cela s'est su, et une foule est venue... tu connais le reste de l'histoire. Je crois que ce groupe, « Liberation Now », dont personne n'avait jamais entendu parler, voulait l'empêcher de continuer et surtout effacer tout ce qu'il avait découvert.

Scully repoussa ses superbes cheveux roux en arrière.

— Mulder, je crois que tu vois des conspirations partout.

Il tendit la main et essuya sur sa joue une trace de suie.

— Ouais, tu as peut-être raison, mais il m'arrive aussi de tomber juste. Et David Kennessy et son assistant Jeremy Dorman y ont laissé leur vie.

11

Sous le pont Burnside
Portland, Oregon
Mardi, 23 h 21

Il essayait de se cacher, il essayait de dormir, mais les cauchemars le poursuivaient partout.

Jeremy Dorman ne savait pas trop si ces mauvais rêves étaient le fruit de sa conscience coupable ou le fait des nanomachines qui étaient en train de faire joujou dans sa tête, interférant avec ses processus de pensée.

Vêtu de loques trop grandes pour lui, sale, trempé, il se terrait sous le pont et regardait couler la rivière Willamette. L'eau boueuse et verdâtre suivait son cours comme si de rien n'était.

Quelques années plus tôt, le conseil municipal avait fait nettoyer et redessiner le parc situé près de la rivière. C'était maintenant l'endroit rêvé pour faire son jogging, promener son chien ou flâner avec sa fiancée, voire les deux, et écouter des musiciens.

Mais à cette heure tardive, la musique s'était arrêtée, et les bonnes gens de Portland, ainsi que leurs chiens et leurs fiancées, étaient rentrées dans leur petit « chez-soi » douillet. Le fugitif, lui, écoutait l'eau gargouiller dans les débris accumulés sous le pont.

Il frissonna.

Au-dessus de sa tête, quelques pigeons insomniaques roucoulaient. Plus haut encore, sur le pont proprement dit, on entendait des camions filer dans la nuit, écrasant les canettes de soda abandonnées par les joyeux promeneurs.

Des bouteilles, vidées par des poivrots au cours de la journée, traînaient le long des poubelles vertes aux armes de la ville.

Dorman souffrait en permanence, mais il fut soudain pris d'un spasme insoutenable. Il roula par terre, le dos dans la boue.

Il ne remarqua même pas qu'il était à présent couvert de gadoue.

Un camion à huit roues passa sur le pont. Le rugissement de son moteur ressemblait à une explosion.

Une explosion, comme celle qui avait eu lieu à DyMar...

Il ne se souvenait que trop bien de la dernière nuit au labo.

Des cris, des flammes, de la fumée. Des inconnus sans visage, des hommes de main payés par des puissants étaient venus perpétrer le mal. Ils avaient fait preuve d'une grande cruauté.

Jeremy revoyait tout cela... Peut-être rêvait-il,

peut-être était-il transporté dans le temps, ou plus simplement les nanobestioles dans son cerveau créaient-elles des hallucinations.

Il avait dit à David Kennessy :

— Les grilles et les quelques flics qui sont là-dehors ne me donnent pas l'impression d'être une sécurité !

Mais le DyMar n'était pas un centre sous haute sécurité. Après tout, David n'avait eu aucun mal à faire entrer clandestinement son chien et un revolver !

La police pouvait, si le besoin s'en faisait sentir, prêter main-forte aux gardes employés par les entreprises.

Le laboratoire avait donc appelé le responsable de la police et avait demandé qu'on envoie des renforts. On avait refusé.

Dorman avait cru que la ville ne voulait pas leur envoyer de flics parce que les manifestants ne semblaient pas représenter un danger.

Il ignorait que c'était à dessein qu'on leur avait refusé les renforts.

David Kennessy était un génie, mais il n'avait rien compris à ce qui se passait.

Jeremy se souvenait que, lorsque la foule avait commencé à devenir violente, son collègue avait rassemblé ses notes, ses cassettes — exactement comme les savants des films de science-fiction qui risquent leur vie pour sauver le précieux petit carnet contenant la formule à laquelle ils ont travaillé des années.

David n'avait pas compris... D'ailleurs, il avait semblé plus contrarié que terrifié.

Il avait même dit :

— Il y a toujours des crétins pour essayer d'arrêter la science, mais ils n'arrivent jamais à leurs fins, vérifiez dans les livres d'histoire. Personne ne pourra empêcher la nanotechnologie de se développer, enfin... si vous me passez l'expression !

Il avait même fait un geste obscène en direction des manifestants qui grondaient dehors.

Oui, le *nano-engineering* avait de beaux jours devant lui. Des scientifiques se servaient déjà de l'A.D.N. d'une certaine bactérie pour fabriquer de l'insuline artificielle. Une équipe travaillant pour une société de Syracuse, dans l'État de New York, avait déposé des brevets sur des procédés qui permettaient de stocker des données dans la bactério-rhodopsine, une protéine transformée au niveau génétique. David avait raison : personne ne pourrait empêcher leur technologie de progresser. Trop de savants étaient au travail à travers le monde.

Mais Dorman, lui, savait que certaines personnes, haut placées dans le gouvernement, avaient justement l'intention de tout faire pour effacer ces techniques de la face du monde. Ils lui avaient promis qu'il aurait le temps de fuir, tout avait été prévu. Mais ils n'avaient pas tenu leurs promesses.

Tandis que David appelait sa femme au téléphone afin de la prévenir de ce qui se passait, il avait cherché partout les nanomachines originelles, celles de la génération qu'on avait testée sur le labrador des Kennessy.

Jeremy n'avait rien retrouvé. Les vitres avaient

commencé à voler en éclats. Les cris étaient devenus des hurlements.

Il ne lui restait plus qu'une possibilité : prendre lui-même des nanobestioles. On en avait injecté au chien et il se portait merveilleusement. Les expériences faites sur un sujet humain avaient également été un succès. Il n'y avait pas de danger.

Dorman avait hésité. Il savait que ce qu'il allait faire serait un acte irréversible. Mais on l'avait trahi, et cette pensée avait emporté sa décision.

Il avait donc ajouté l'hormone d'activation et le fluide autorépliquant. Les machines allaient remettre leurs programmes à zéro afin de s'adapter à leur nouvelle mission...

Puis ils avaient entendu un sifflement suivi d'une explosion. Un cocktail Molotov venait d'embraser le hall d'accueil. Des bruits de pas avaient retenti, des voix lançaient des ordres précis tandis que, dehors, la foule continuait de braire comme un troupeau d'ânes en colère.

David Kennessy avait commencé à avoir peur, et cela se voyait.

Il était temps qu'il comprenne.

Il avait compris. Trop tard.

Quatre coups de feu. Quatre balles en pleine poitrine. Le malheureux était retombé, les bras en croix, sur l'une des tables. Puis le centre DyMar était devenu un enfer. Dorman se souvenait qu'il y avait des flammes et de la fumée partout. Le feu se propageait beaucoup plus vite qu'il ne l'avait imaginé.

Il avait essayé de fuir, mais l'incendie semblait le poursuivre. Une nouvelle explosion le projeta en avant. Il roula sur la moquette dont une partie était déjà en feu. Il réussit à atteindre l'issue de secours. La spirale de marches formait un puits. Une autre explosion. L'appel d'air attira une boule de flammes qui s'engouffra dans l'escalier. Dorman sentit son épiderme se craqueler, fumer, sa peau prendre feu. Il hurla, non seulement de douleur, mais aussi de révolte, car on avait trahi sa confiance...

Il se réveilla en hurlant. Il était toujours sous le pont. L'écho de son cri semblait ricocher sur l'eau de la rivière.

Il se releva péniblement. Ses yeux avaient du mal à se réaccoutumer à la pénombre du quai qui s'étendait devant lui.

Dans le ciel, la lune filtrait à peine entre les nuages.

Dorman sentait son corps se tordre. Les bosses sous sa peau étaient vivantes et remuaient : les viviers que les créatures avaient créés commençaient à produire des jeunes.

Il serra les dents, croisa les bras. Ne plus trembler... contrôler la douleur.

— Non... ça va passer...

Il respira à fond, mais l'air avait un goût métallique qui rappelait celui du sang... du sang en ébullition.

Le pauvre homme tituba, s'arrêta et pivota sur ses talons. Il contempla cet endroit, le pont sous lequel il avait passé la majeure partie de la nuit.

Cinq pigeons s'y trouvaient, tous morts, l'œil laiteux. Leurs plumes étaient ébouriffées, leur bec ouvert, leur petite langue pointant vers l'extérieur.

Le fait de voir ces animaux sans vie lui rappela

de tels souvenirs qu'il sentit une vague de nausée le submerger. Il n'avait pas la moindre idée de la façon dont son corps avait pu faire de tels dommages. Avait-il bougé pendant son cauchemar ? Seuls les pigeons le savaient.

Une plume grise tournoyait dans le vent, sur le sol pavé, dans le silence.

Dorman prit son courage à deux mains et se traîna péniblement jusqu'à la route, là-haut. Il fallait à tout prix qu'il quitte la ville de Portland. Il devait absolument trouver ceux qu'il cherchait.

Il n'avait que peu de temps.

Vite, très vite les retrouver, avant qu'il ne soit trop tard.

12

Poste centrale
Milwaukie, Oregon
Mercredi, 10 h 59

Costume civil, tenue banalisée, tu parles ! Scully se tenait dans la grande salle de la poste en compagnie de Mulder, et tous les yeux étaient braqués sur eux !

Ils firent semblant de remplir des formulaires d'envoi recommandé afin de se donner une contenance, mais les employés les avaient repérés et s'attendaient à tout moment qu'ils arrêtent l'une des personnes qui faisaient la queue.

Ce qui intéressait les deux agents fédéraux, c'étaient les boîtes postales, ces cubes qui formaient un mur. Le numéro 3733, particulièrement.

Chaque fois qu'une personne se dirigeait vers ces boîtes, les deux coéquipiers échangeaient un rapide regard, se mettaient en position.

Mais, chaque fois, la boîte qu'on ouvrait n'était pas la 3733.

Et en plus, aucun des clients de passage ne correspondait à la description donnée par le Bureau.

Au bout d'une demi-heure de va-et-vient, un grand type maigre, au visage en lame de couteau, entra et se précipita vers le mur.

C'était un curieux personnage : le crâne rasé et luisant — il devait le passer à la cire tous les matins — et une barbe à la Freud ! Ses joues creuses et ses yeux écarquillés lui donnaient un air de prophète.

— Mulder, c'est lui !

Alphonse Gurik. Scully avait étudié pas mal de photos de ce bonhomme. Son nouveau look surprenait, mais il était tout de même facile de le reconnaître.

Fox lui fit discrètement « O.K. » d'un mouvement de la tête. Puis il se tourna vers un présentoir contenant des brochures sur les timbres de collection, afin de ne pas se faire repérer.

Comme sa partenaire l'avait prévu, les spécialistes du Bureau n'avaient pas mis longtemps à analyser la lettre revendiquant la destruction du laboratoire de recherches DyMar.

Le soi-disant groupe « Liberation Now » avait rédigé sa missive sur du papier de marque, il était donc facile de retrouver le magasin qui l'avait vendu. L'écriture n'était même pas contrefaite et deux superbes empreintes digitales ornaient le bas de la feuille.

Du boulot d'amateur.

L'homme qui se cachait derrière tout cela s'appelait donc Alphonse Gurik. Il n'avait pas de domicile fixe et avait eu maille à partir avec les autorités. Ce drôle d'oiseau était un manifestant professionnel. On l'avait arrêté tandis qu'il soutenait des groupes dont les revendications étaient des plus fantaisistes.

Scully l'observa alors qu'il s'approchait des boîtes aux lettres. Ce gugusse était un doux dingue, plein d'enthousiasme, certes, mais un amateur, un bricoleur.

Or, elle avait acquis la certitude, en visitant les ruines de DyMar, que l'incendie et l'attaque avaient été préparés et exécutés par de véritables pros.

Gurik composa la combinaison du casier 3733, puis ouvrit la porte pour prendre son courrier.

Dana fit un clin d'œil à Mulder. Ils se précipitèrent et collèrent sous le nez du bonhomme leurs badges du F.B.I.

— Monsieur Alphonse Gurik, vous êtes en état d'arrestation, annonça-t-elle d'une voix ferme.

Le chauve lâcha ses lettres qui s'éparpillèrent sur le sol, ouvrit la bouche bêtement... Avec sa barbe en bataille, on aurait dit un personnage de bandes dessinées.

Il leva les mains et se mit à trembler.

— J'ai rien fait ! Je suis innocent ! Vous n'avez pas le droit de me faire ça ! Vous n'êtes que des nazis !

Tout le monde regardait ce qui se passait.

Scully sortit un papier timbré de sa poche.

— Voici le mandat d'arrêt qui a été lancé contre vous. Nous vous avons identifié comme étant l'auteur de la lettre revendiquant la destruction des laboratoires du centre de recherches

DyMar. Deux personnes ont trouvé la mort dans cet incendie.

Gurik était pâle comme un linge.

— Je... mais... mais...

Fox lui passa les menottes d'un geste souple, en bon professionnel. Sa coéquipière se tenait en retrait afin de pouvoir intervenir si le prisonnier tentait quelque chose.

C'était ce qu'on vous apprenait à l'entraînement : même si la personne que vous venez d'arrêter semble docile, il ne faut pas relâcher votre attention un seul instant !

Mulder récita, comme la loi l'exigeait, les droits du prisonnier : « Vous avez le droit de garder le silence... blablabla... », la routine, quoi.

L'olibrius semblait d'ailleurs connaître le texte par cœur. Il avait été arrêté si souvent !

D'après son dossier, il avait été mis sous les verrous sept fois, pour des actes de vandalisme mineurs : manifs, jets de pierres, tags sur les murs des immeubles de multinationales qu'il n'aimait pas...

Fox le poussa vers la sortie tandis que Dana ramassait son courrier.

Trente secondes après qu'ils eurent franchi la porte, le prévenu commençait à s'excuser :

— O.K., j'ai envoyé la lettre, j'avoue ! Mais j'ai jamais mis le feu à la baraque ! J'ai jamais tué personne, je donne pas dans les explosions, moi ! J'suis innocent.

Scully le croyait. Vu son style, il n'était pas possible qu'il soit responsable de la destruction de DyMar.

Mulder joua les peaux de vache.

— Un peu trop facile comme défense ! Tu es foutu, Gurik, nous t'avons arrêté pour deux meurtres, pas pour avoir tagué des bêtises sur un mur d'usine. C'est du sérieux.

— Il fallait bien que quelqu'un revendique la manif et l'incendie ! bafouilla le pauvre bonhomme. Je sais, deux personnes sont mortes, c'est affreux, mais il fallait justement que ces morts ne soient pas vaines. Je pensais qu'on était allés là-bas pour libérer les animaux qui servaient à d'horribles expériences, c'est tout.

— Comment s'est formée la manifestation ? demanda Dana.

— On venait de différents mouvements pour la libération des animaux de labo. Mais il y avait un type qui nous rassemblait. Il disait qu'il enverrait une lettre à la presse après la manif. Mais il ne l'a pas fait. En vérité, il a carrément disparu. Je crois qu'il s'est dégonflé. Alors j'ai décidé de m'occuper de la revendication. Il fallait que quelqu'un le fasse, non ? Le monde a le droit de savoir ce qu'on fait subir aux animaux de labo !

Ils avançaient dans la rue. Gurik regarda d'un œil triste une vieille camionnette à la peinture écaillée qui était garée sur le trottoir.

— C'est ta caisse ? s'écria Mulder. Et en plus tu te gares sur une zone réservée aux piétons et près d'une bouche d'incendie ! Tu es mal parti, Gurik, *trrrrrrrès* mal parti !

Ils s'approchèrent du triste véhicule. Des dizaines d'autocollants antinucléaires, antivivisection, antitout, étaient collés sur les portes arrière, en vrac, se chevauchant les uns les autres.

Le siège passager était couvert de tracts divers.

Mulder poussa le prisonnier contre la portière. Scully s'approcha d'un air menaçant, comprenant ce qu'il voulait faire.

— Tu avoues que tu étais à la manif ?

— Ouais, ouais, j'avoue ! Mais y avait plein de gens, j'étais pas tout seul, O.K. ? Je n'ai rien brûlé, je n'ai même pas jeté de pavés. Je me suis contenté de chanter et de crier avec les autres, en agitant ma pancarte. Je ne sais pas qui avait apporté les bombes incendiaires, mais c'était pas moi, je le jure !

Dana savait que le jeu allait consister à faire craquer le patient en le bombardant de questions. Elle laissa son coéquipier ouvrir les hostilités.

— Qui se cache derrière « Liberation Now » ?

— Personne, c'est juste un nom que j'ai inventé. J'ai inventé plein de groupements et d'associations, dans le passé. Y avait du monde ce soir-là, je viens de vous le dire. Il fallait bien qu'on ait un nom !

Scully passa à l'attaque.

— Qui a organisé la manifestation devant le centre de recherches DyMar ?

Gurik, le dos collé contre sa camionnette, essaya vainement de sourire.

— Je sais pas. On est nombreux, des associations, des groupes, on a des contacts, des tuyaux... On n'est pas toujours d'accord les uns avec les autres, mais on sait se serrer les coudes quand il s'agit d'un truc important.

Mulder le fusilla du regard. Gurik bredouilla :

— Je dis « on »... enfin, vous comprenez, de par le passé j'ai tellement fait pour la cause des animaux de labo et contre les manipulations génétiques que les mecs qui ont organisé la manif *devaient* m'inviter. C'était obligé, quoi.

— Obligé, je vois, répéta Fox.

Scully demanda sèchement :

— Que reprochiez-vous au centre DyMar ?

Gurik faillit s'étouffer.

— Ce que je reprochais à cette saloperie ? rugit-il. Mais c'est un centre de recherches médicales. Ne me dites pas que vous ne savez pas ce qu'ils font aux animaux dans ces centres !

— Non, rétorqua Dana en le regardant dans les yeux. Je ne sais pas. Ce que je sais, par contre, c'est que les équipes de DyMar travaillaient pour le bien de tous et cherchaient à trouver un remède contre le cancer !

Le marginal eut un mouvement mais Mulder le plaqua contre la portière.

— Les animaux ont autant que nous le droit de vivre en paix ! coassa Gurik. De quel droit torturons-nous des bêtes afin de prolonger la vie d'humains ?

Scully n'arrivait pas à croire qu'on puisse dire de telles choses. Mais peu importait.

La manifestation contre DyMar s'était formée en très peu de temps. Elle était composée de membres de diverses associations qui ne savaient pas trop comment ils s'étaient retrouvés là, puis tout le monde s'était volatilisé dans la nature. Ceux qui avaient manipulé les joyeux écolos avaient joué de main de maître : chacun croyait être là à la demande des autres. Du très beau travail.

Dana commençait à se demander si son partenaire n'avait pas raison quand il entrevoyait un sombre complot derrière tout cela.

Elle prit un ton amical et demanda :

— Alphonse, vous pouvez nous aider. Dites-nous où ils ont emmené Patricia et Jody Kennessy.

Gurik n'avait pas l'air de comprendre.

— Qui ?

— La femme et le fils d'un des scientifiques que vous avez tués lors de l'incendie de DyMar.

— Je ne sais pas de quoi vous parlez, j'ai jamais entendu ces noms. Et puis... minute, j'ai tué personne, moi !

Mulder décida de « remettre la pression ».

— Pendant que vous mettiez à sac les laboratoires de DyMar, la femme et le fils de David Kennessy étaient kidnappés dans leur maison de Tigard. Je suis sûr que vous êtes responsable de cet acte odieux. Je veux les noms de vos complices.

Il savait parfaitement que Gurik n'avait rien à voir dans la disparition des Kennessy, mais s'il paniquait le bonhomme, il arriverait peut-être à lui soutirer des détails intéressants au sujet de la manifestation.

— Mais... je viens de vous dire que je me suis contenté d'aller gueuler devant les buildings de DyMar. Je ne connais pas les gens qui travaillaient là-bas. Je suis allé manifester pour le principe, pour défendre mes idées !

Scully se tourna vers son coéquipier et murmura :

— Il faut que nous retrouvions Patricia et Jody. Le gamin ne devrait pas être trop difficile à retrouver. Il doit suivre un traitement contre le cancer, ne l'oublie pas.

Gurik avait entendu et laissa exploser son indignation :

— Traitement contre le cancer ? répéta-t-il. Savez-vous comment on développe ces « traitements » ? En les infligeant à de pauvres animaux, à de gentils lapins qu'on enferme dans des cages minuscules, à des chats et à des chiens perdus ou volés !

Dana garda difficilement son calme.

— Je sais... à quel point les traitements contre le cancer sont... pénibles, dit-elle.

Les soins qu'elle avait reçus à la clinique du Dr Scanlon étaient supposés la guérir. Elle avait bien cru qu'ils allaient la tuer, tant ils étaient insupportables.

Mais ce n'était pas le moment de discuter de cela.

— Il faut que la recherche scientifique continue, déclara-t-elle en regardant Gurik dans les yeux. Les médicaments qu'on met au point aujourd'hui soulageront l'humanité dans quelques années. Je suis la première à dire qu'il est inacceptable de faire inutilement souffrir des animaux, ou de leur infliger des tortures par plaisir. Mais l'expérimentation animale permet de faire avancer la médecine plus rapidement, de sauver des vies. Je suis désolée, je ne peux pas accepter vos idées. Je n'ai aucune sympathie pour votre cause.

L'écolo la toisa.

— Ouais, voilà de bien jolies paroles... Mais

que diriez-vous si je vous annonçais qu'ils font aussi des tests sur les humains ? Je sais ce qu'ils fabriquent, ces salauds ! Je sais comment ils conduisaient leurs recherches. J'ai vu des choses dont vous n'avez aucune idée !

13

Building Federal
Suite 313
Crystal City, Virginie
Mercredi, 11 h 30

Un bureau sans âme. Quelques meubles fournis par l'État.

Adam Lentz examinait une cassette vidéo. Elle venait des ruines de DyMar et sentait encore la fumée. Il avait hâte de la visionner.

Son nom n'apparaissait ni sur la porte du bureau ni sur sa table. Il n'avait pas besoin d'apparat. Il avait suffisamment de titres pour pouvoir s'en passer. Il choisissait son poste et son grade selon la mission qu'il avait à remplir.

Lentz jouait un rôle qui changeait sans cesse. Une seule chose comptait : réussir les missions qu'on lui confiait.

La pièce n'avait pas de fenêtre, ce qui voulait dire que personne ne pouvait l'espionner. Le bâtiment qui abritait ce bureau ressemblait à tous les immeubles officiels de la ville. Aucun signe particulier ne le distinguait des autres.

Une des missions de Lentz consistait à superviser les recherches de Kennessy à DyMar. D'autres chercheurs, à la NASA, au Californian Institute of Technology, au Centre national de recherches moléculaires et même au Japon, dans les labos de Mitsubishi, avaient fait d'énormes progrès. Mais Kennessy était en avance d'une bonne longueur. Adam savait que, si quelqu'un devait faire *la* découverte, ce serait lui...

Il avait suivi le travail du savant de très près. Parfois, il le poussait à aller de l'avant, mais il lui était également arrivé d'essayer de lui tenir la bride.

Cela dit, Kennessy s'était mis à progresser si rapidement qu'il était devenu impossible à contrôler.

Lentz soupesa la cassette. Il espérait que le feu n'en avait pas effacé le contenu. Ses hommes avaient fait du très bon travail : ils avaient réduit DyMar en cendres, brûlé tous les documents compromettants, et ils avaient découvert le coffre-fort de Kennessy.

C'était dans ce coffre qu'ils avaient trouvé cette cassette.

Il se leva, alla verrouiller la porte à double tour, puis il sortit un combiné T.V.-magnétoscope qu'il posa sur son bureau. Il éteignit les lumières et inséra la cassette dans l'appareil.

On lui avait raconté ce qu'elle contenait, mais il ne l'avait pas encore visionnée.

Une image apparut sur l'écran.

Un gros labrador noir tournait en rond dans

une cage apparemment prévue pour contenir un animal bien plus grand. Il battait de la queue, comme s'il espérait qu'on lui ouvre rapidement la porte.

David Kennessy apparut alors dans le champ.

— Bon chien, Vador, bon chien ! Calme, reste un peu tranquille, assis ! Assis !

Lentz avait vu pas mal de choses au cours de sa carrière : trahisons, corruption, horreurs en tout genre. Mais il n'arrivait pas à croire qu'un homme pouvait faire une chose pareille à son chien, à l'animal favori de son petit garçon...

Le scientifique se passait nerveusement la main dans les cheveux en regardant la caméra. Il transpirait.

Cette cassette devait servir à convaincre les personnes haut placées qui doutaient encore de lui. Il voulait qu'on sache qu'il avait réussi. Ce qu'il ignorait encore, c'est que son succès scellerait son arrêt de mort. Jamais les puissants qui le soutenaient n'avaient réellement pensé qu'il réussirait. Et maintenant que la chose était faite, ces messieurs prenaient peur.

Cela dit, le gamin du savant était mourant. C'était sans doute à cause de cela qu'il avait oublié d'être prudent...

Kennessy essuya l'objectif, puis recula de nouveau. Le chien battait de la queue. À côté de lui se tenait Jeremy Dorman, attendant les ordres de son supérieur.

Le Dr Frankenstein, son assistant Igor et le monstre...

Kennessy commença à parler. Le son était de mauvaise qualité. Il y avait un bruit de fond.

— O.K. Ce soir, mesdames et messieurs, vous allez voir un spectacle que vous n'allez pas oublier de sitôt !

Lentz soupira. On se serait cru chez Barnum !

— Je vous ai fait parvenir mes rapports et les résultats de mes tests, continua le scientifique. Mais il semble qu'on ne les ait pas lus, ou du moins qu'on ne les ait pas compris. J'en ai marre qu'on enterre mon travail sous des tonnes de dossiers. Alors je me suis dit qu'une vidéo, cela vous plairait plus. Vous pourriez la regarder pendant votre pause café. Le résultat de mes recherches va changer la face du monde, cela mérite cinq minutes de votre temps, non ?

Lentz haussa un sourcil : oh non, on n'avait pas oublié de lire les rapports du savant. Bien au contraire, on les avait étudiés avec une extrême attention.

Kennessy se fâcha sur l'écran.

— Vous autres, les bureaucrates, vous ne comprenez rien à ce que vous financez !

Il hésita, comme s'il regrettait d'avoir dit ces mots. Puis il se tourna vers son assistant.

— Dorman, êtes-vous prêt ?

Ce dernier semblait fort embarrassé. Il posa une main sur les barreaux de la cage afin de se donner une contenance. Vador, le labrador, lui lécha les doigts. Dorman sursauta et recula comme s'il l'avait mordu.

— Jeremy ?

— Heu... David, vous êtes certain de vouloir faire cela ?

Kennessy soupira, exaspéré.

— Non, en fait je veux tout laisser tomber,

regarder Jody mourir sans rien faire et devenir comptable ! rugit-il.

Dorman lui fit signe de se calmer.

— O.K., c'était juste une question, c'est tout !

Derrière eux se trouvait un grand poster accroché au mur. Il représentait Albert Einstein offrant une bougie à un homme dont le visage n'était familier qu'à quelques scientifiques dans le monde : K. Eric Drexler, le pionnier de la nanotechnologie.

L'image était belle : le vieux maître donnait de la lumière au pionnier des nouvelles techniques.

Kennessy faisait des compliments à son chien qui s'était assis dans la cage et le regardait avec amour.

— Bon chien, gentil Vador !

Dorman disparut quelques instants, puis revint avec un revolver Smith & Wesson gros calibre. Adam Lentz savait que Kennessy avait acheté l'arme quelques jours avant cette scène, et qu'il l'avait payée en espèces.

L'assistant s'épongea le front et laissa David Kennessy s'adresser de nouveau à la caméra.

— Ce que vous allez voir va vous choquer au dernier degré. Je tiens à préciser que nous n'utilisons aucun trucage, patati patata... vous voyez ce que je veux dire.

Le scientifique croisa les bras avant d'ajouter :

— J'espère vous choquer à un tel point que vous serez obligés de rejeter toutes vos idées préconçues.

Il se tourna vers son collègue qui tenait toujours l'arme.

— Jessy James, vous pouvez ouvrir le feu.

L'assistant sembla ne pas vouloir comprendre, puis il tendit lentement le bras, pointant le Smith & Wesson vers le chien qui le regardait avec adoration.

Soudain, Vador dut sentir que quelque chose n'était pas normal, car il se leva, recula dans la cage aussi loin qu'il le put, et montra les dents en grognant.

L'homme se mit à trembler.

David Kennessy tapa du pied.

— Jeremy, pour l'amour de Dieu, ne rendez pas les choses plus difficiles qu'elles ne le sont déjà !

Dorman tira deux fois.

Les détonations claquèrent comme les pétards du 14 Juillet.

Les deux projectiles frappèrent le chien de plein fouet et le projetèrent contre le mur. Une balle lui avait ouvert la poitrine, l'autre lui avait brisé l'échine.

Du sang rouge coulait sur sa belle fourrure de jais.

Dorman recula et contempla son arme, hébété.

— Mon Dieu, David, les associations de défense des animaux vont nous tuer !

Son patron s'avança vers la caméra et parla d'un ton sérieux :

— Mes découvertes en matière de nanotechnologie vont avoir de nombreuses applications médicales. Les fondements mêmes de la société vont être chamboulés, tout va être remis en question.

Lentz ne pouvait s'empêcher d'admirer ce dingue : il faisait un discours, une vraie petite conférence pour défendre ses idées, tandis que son chien fidèle gisait sur le sol, juste derrière lui.

Oui, Kennessy avait raison quand il disait que les nanotechniques allaient « chambouler » le monde. C'était bien pour cela qu'il fallait contrôler cette technologie, coûte que coûte.

Le scientifique sur l'écran se tourna vers le corps du labrador.

— Après un traumatisme majeur comme celui-ci, la première chose que les nanobestioles vont faire est de neutraliser les centres qui gèrent la douleur dans le cerveau de l'animal.

Vador se redressa subitement. Il avait l'air totalement désorienté et tirait la langue. Il ne semblait pas conscient du fait qu'il avait deux trous béants dans le flanc. Il se laissa retomber. Le sang coulait toujours sur sa fourrure. Il finit par s'asseoir, allongea les pattes puis resta immobile. On aurait pu croire qu'il dormait.

— Les nanocréatures vont maintenant le mettre dans un état transitoire de coma léger. Les machines sont déjà en train de mesurer l'étendue des dégâts et des réparations qu'il convient de faire pour qu'il guérisse. Elles sont capables de communiquer entre elles et de s'associer afin de former des micro-outils.

Il entra dans la cage et posa la main sur la tête du chien.

— Sa température commence déjà à augmenter; cela vient du fait que les nanomodules produisent de la chaleur. Le sang de Vador ne coule déjà plus. Jeremy, approchez donc la caméra, je veux qu'ils voient un gros plan.

Dorman obéit. L'image devint floue. Puis la caméra retrouva une certaine stabilité.

Kennessy se tut, pensant que les images parlaient d'elles-mêmes... ce qui était le cas.

— Il est beaucoup plus facile de soigner un traumatisme localisé, comme celui-ci, qu'une maladie qui s'insinue partout comme le cancer. Les nanomachines se sont autoprogrammées en fonction de l'A.D.N. de ce chien et vont faire les réparations qui s'imposent. Une blessure par balle, cela ne demande jamais qu'un peu de patchwork cellulaire, et de rebouchage de trous. En un rien de temps, cette opération sera terminée. Mais pour soigner un malade du cancer qui porte des tumeurs un peu partout, il faudrait des mois. Pour ce qui est de mon fidèle chien Vador, en revanche...

Il s'écarta afin que la caméra puisse le voir.

— ... il recommencera à poursuivre les chats dans le jardin dès demain matin !

Dorman semblait toujours paralysé par l'effroi.

— David, bafouilla-t-il. Si ça se sait... on va perdre nos postes... on va tout perdre !

David sourit de toutes ses dents.

— Je ne pense pas. Je suis prêt à parier une boîte de biscuits pour chiens que le contraire arrivera...

Une heure plus tard, le brave Vador était sur ses pattes, frais et dispos. Il se secoua, aboya. Kennessy ouvrit la porte de la cage, et le toutou lui fit la fête comme si de rien n'était. Fin de la cassette.

Lentz était fasciné. Le travail effectué par les équipes de DyMar était beaucoup plus dangereux qu'il ne l'avait imaginé au départ !

Si une telle découverte n'était pas gardée secrète ou détruite, les conséquences seraient désastreuses, inimaginables !

Il se leva et sortit la cassette du magnétoscope. Il fallait que toutes les preuves soient supprimées. Ses supérieurs avaient raison, il le comprenait à présent. La vidéo et les autres documents contenus dans le coffre n'avaient pas souffert de l'incendie. Heureusement, ses hommes avaient tout pris.

Lentz se gratta le menton : l'histoire du chien expliquait tout. Voilà donc pourquoi Kennessy avait appelé chez lui, affolé, au moment de l'attaque — l'appel avait été enregistré, bien entendu, puisque toutes les lignes téléphoniques du centre DyMar étaient sur écoute.

Le savant n'avait pas laissé sa femme dire un mot. Derrière lui, on entendait les explosions, les cris. Il avait hurlé dans le combiné :

— Patricia, embarque Jody et Vador et fiche le camp tout de suite ! Ne perds pas une seule seconde ! Nos pires cauchemars sont en train de devenir réalité. Il faut que tu te sauves. Je suis piégé dans les labos, à DyMar, mais tu as encore une chance. Ne les laisse pas vous prendre ! Sauve-toi, sauve notre fils, quitte la maison tout de suite avec le chien !

La liaison avait été interrompue avant que Patricia n'ait le temps de répondre quelque chose ou de demander des détails, mais elle avait obéi à son mari. Lorsque les hommes du commando étaient arrivés au domicile du savant, ils n'avaient trouvé personne, pas même le chien qu'on voyait sur la vidéo.

Lentz n'était pas très fier de lui. Au début, il avait envoyé des hommes chez Mme Kennessy parce qu'il craignait que celle-ci n'ait entre les mains des notes, des copies du travail de son époux.

Grave erreur. La personne la plus intéressante et donc la plus dangereuse de la famille Kennessy n'était autre que le brave labrador, Vador ! Qui aurait pu deviner cela ?

Le danger était maximal. Le chien se promenait dans la nature. Il portait en lui, dans son sang, les nanomachines qui risquaient de se répandre sur la surface de la Terre !

Lentz décida de prendre le taureau par les cornes, inspira à fond pour retrouver son calme, et décrocha le téléphone.

Puis il réfléchit.

Non, ce genre de faute était par trop impardonnable. Il ne fallait pas que son supérieur soit au courant. Il allait corriger le résultat de son erreur lui-même.

Il ne restait plus rien de DyMar, plus un document, plus une preuve.

Mais Adam n'avait pas terminé sa mission. Il devait encore retrouver une femme, un petit garçon et, surtout, un labrador noir.

14

Chalet de Jeremy Dorman
Mercredi, 13 h 10

Le soleil dessinait des ombres sur les flancs des collines. Les carrés de forêt abattus par les bûcherons ressemblaient à de la barbe taillée au rasoir.

Jody et sa maman avaient trouvé un puzzle dans un des coffres de bois qui servaient aussi de sièges rustiques.

Ils avaient déjeuné en bavardant. Patricia était ravie de voir que son fils retrouvait enfin l'appétit.

Le jeu représentait la Terre, vue de la Lune. Chaque continent se découpait superbement sur le bleu des océans. C'était une reproduction d'un cliché pris par les astronautes d'Apollo.

Jody ne s'amusait pas vraiment, il tuait le temps. Il essayait de trouver les morceaux de puzzle constituant l'Antarctique.

— Dis, maman, tu connais quelqu'un qui est allé là-bas ?

— En Antarctique ?

— Oui.

Patricia sourit.

— Non, chéri, ce n'est pas un endroit où l'on va faire du tourisme. Seuls les scientifiques y vont.

— Alors, est-ce que papa y est allé ?

— Tu veux dire, pour tester nos médicaments sur les pingouins et les ours ?

— Tu dis n'importe quoi, maman ! Les pingouins, ça vit au pôle Nord, pas en Antarctique !

Le petit garçon ressemblait de plus en plus à son père.

Patricia lui avait expliqué en gros pourquoi ils devaient se cacher, le temps qu'on découvre qui avait détruit le centre de recherches DyMar.

David avait commis une grave erreur en voulant rendre publique sa découverte. Pat s'en rendait compte. La réponse des hommes de l'ombre avait été foudroyante. Leur réaction avait été beaucoup plus violente et rapide que ne l'aurait été celle des groupes opposés à la recherche génétique.

La jeune femme se souvenait de la discussion qu'elle avait eue avec son mari à ce sujet.

— Et tu croyais innocemment être le seul à saisir la portée de la nanotechnologie !

David s'imaginait en effet que nul autre qu'un initié ne pouvait mesurer l'envergure de ses découvertes.

Il lui avait simplement répondu :

— C'est toujours une bonne nouvelle quand on apprend que les gens sont moins ignares qu'on ne le croyait !

Mais Patricia savait que jamais des groupes écologistes n'auraient pu organiser de telles actions contre un projet si complexe. Il fallait penser à long terme, avoir des connaissances médicales approfondies pour mesurer le danger de ce que faisaient les gens de DyMar.

Alors, qui orchestrait la lutte ? Qui donc se cachait derrière les manifestants ?

À bien y réfléchir, la marche sur DyMar ressemblait à un patchwork. Il y avait là des écolos purs et durs, des antivivisection, des religieux, des représentants des syndicats. Des cinglés et des casseurs étaient également présents. On avait rassemblé avec une terrible efficacité les éléments les plus hétéroclites.

Et David était mort, dans son labo. Il n'avait eu que le temps de prévenir sa femme : « Sauve-toi, sauve notre fils, quitte la maison tout de suite avec le chien ! »

Pat avait fourré deux ou trois affaires dans un sac, et fichu le camp de Tigard.

Elle avait changé les plaques minéralogiques de la voiture plusieurs fois au cours du trajet, se cachant sur des parkings autoroutiers déserts. Juste avant minuit, elle avait retiré le maximum d'argent autorisé pour une journée avec sa carte de crédit dans un distributeur automatique à Eugene, dans l'Oregon. Puis elle avait attendu minuit cinq, et s'était rendue à un autre distributeur. La date avait changé : elle avait donc pu faire coup double en reprenant la somme maximale.

Elle avait ensuite filé en direction de la côte. Elle savait que le chalet de Jeremy serait la cachette idéale. Elle pourrait y habiter avec Jody et Vador, et ne pas se manifester aussi longtemps que possible.

Elle était architecte et travaillait à son compte depuis des années. Cela lui avait permis de rester à la maison, ce qui avait été bien pratique lorsque le petit était tombé malade... et surtout quand il avait commencé les traitements classiques si éprouvants.

Elle avait conçu le chalet pour le plaisir. Dorman était un vieil ami. Il avait installé son groupe électrogène tout seul, tracé un chemin, abattu quelques arbres. Mais il n'allait jamais au chalet. Il travaillait sept jours par semaine, une habitude qu'il partageait avec David.

Personne ne penserait à aller fouiller cette vieille baraque jamais occupée, et qui appartenait au collaborateur de Kennessy également mort lors de l'attaque.

Pat était fière de son idée. Ici, au moins, elle pourrait reprendre son souffle.

Mais Vador avait disparu ! Le chien était la seule véritable joie de Jody qui s'ennuyait ferme. Elle se sentait un peu coupable : le labrador avait vécu à la ville toute sa vie, et voilà qu'il se retrouvait en pleine forêt. Il n'avait pas pu résister au désir d'entreprendre une exploration du coin.

Elle espérait qu'il reviendrait, c'était une bête fidèle. Mais elle lui avait ôté son collier et sa médaille afin qu'on ne puisse pas l'identifier, et donc les retrouver. Dire qu'elle s'était longtemps reproché de ne pas avoir fait tatouer le pauvre animal !

Jody prenait les choses avec sérénité et attendait que son ami à quatre pattes réapparaisse.

Le petit garçon avait repris du poids, ses cheveux repoussaient. Il commençait à ressembler à un enfant comme les autres.

Mais il était tout de même un peu angoissé au sujet de Vador.

Lorsqu'ils eurent fini d'assembler le puzzle représentant la Terre vue depuis la Lune, Jody retourna à la fenêtre pour voir si le chien n'apparaissait pas dans la clairière.

Soudain il s'écria :

— Maman, il est de retour !

Patricia paniqua un court instant, se demandant si le labrador était revenu par ses propres moyens ou s'il avait été trouvé par des chasseurs, par exemple, qui l'auraient suivi.

Mais Vador le fidèle était seul.

Il arriva, battant de la queue, bondissant à l'orée de la forêt.

L'enfant se précipita à toutes jambes hors du chalet pour aller l'accueillir. Il fit peur à sa mère qui se dit qu'en courant si vite il allait forcément tomber le nez dans le gravier de l'allée.

— Jody, fais attention !

Il ne fallait surtout pas que le petit se casse un bras... S'ils devaient consulter un médecin, ils devraient ensuite fuir à nouveau, trouver une autre cachette.

Mais le garçon n'écoutait pas. Il ne voyait que son chien.

Il ne lui arriva rien. Vador aboya en lui tournant autour, léchant ses mains pour manifester son affection, tandis que Jody lui donnait des tapes et lui caressait le dos.

Patricia les regarda chahuter ensemble vers la maison.

— Je t'avais bien dit qu'il reviendrait, dit-elle en souriant à son fils.

Elle se pencha pour faire la fête à Vador, elle aussi.

Le chien n'avait rien, pas une égratignure. Pourquoi n'était-il pas revenu plus tôt ?

— J'aimerais bien que tu puisses nous raconter ce que tu as vu et fait ! lança Pat en riant.

15

Clinique vétérinaire Hughart
Lincoln City, Oregon
Mercredi, 17 h 01

La petite ville sommeillait dans son train-train quotidien.

La voiture se rapprochait de la clinique du vétérinaire, et Scully entendit des aboiements dans le lointain.

C'était un vieux bâtiment qui aurait bien eu besoin d'un petit ravalement. La peinture des volets s'écaillait.

Ils montèrent les marches du perron, et eurent la surprise de se retrouver nez à nez — ou plutôt nez à museau — avec un lama au poil clairsemé, attaché par une longe à la grille.

L'animal tira la langue à Mulder qui recula d'un pas en ouvrant des yeux ronds :

— J'aurais plutôt imaginé que le vétérinaire visitait les lamas malades à domicile !

Il ouvrit la porte à sa partenaire, qui passa en lui glissant :

— Au moins, il ne l'a pas fait entrer dans la salle d'attente !

Les deux agents avaient été contactés au sujet de l'étrange rapport fait par le Dr Hughart. Ils avaient immédiatement compris qu'ils tenaient là une piste qui leur permettrait peut-être de retrouver Jody et Patricia Kennessy...

Les spécialistes du Centre national d'épidémiologie avaient analysé l'échantillon de liquide visqueux prélevé par Scully sur le corps du garde lors de l'autopsie. Ils s'étaient aperçus qu'ils avaient un cas similaire dans leurs dossiers, un cas récent qui provenait également de l'Oregon.

Le Dr Hughart avait soigné un labrador noir infecté par une substance en tout point comparable.

En entendant cette nouvelle, Fox avait quasiment sauté au plafond : ils savaient enfin dans quel coin se trouvaient les Kennessy. Le chien n'avait pu s'éloigner de ses maîtres, il y avait une limite au nombre de kilomètres qu'il pouvait parcourir.

La salle d'attente, qui servait aussi d'accueil, était un endroit étrange. Il y avait là des gens de tous âges avec des chiens, des chats en majorité. Les murs étaient couverts de posters mettant en garde contre la leucose et les tiques. Des piles de magazines, *People, Le Club des amoureux des chats* et autres merveilles traînaient sur la table basse au centre de la pièce.

Les deux coéquipiers s'avancèrent vers la réceptionniste, sans se soucier des aboiements hystériques d'un chien de race indéterminable.

— Agent spécial Fox Mulder et agent spécial

Dana Scully, F.B.I. Nous voulons voir le Dr Hughart.

— Vous avez rendez-vous ?

La pauvre fille avait l'air perdue, sans doute à cause de la présence du lama, dehors.

— Heu... excusez-moi, fit-elle en changeant de ton. Vous avez bien dit que vous étiez du F.B.I. ?

— Nous venons le voir au sujet du chien qu'il a soigné voici deux jours. Il a fait un rapport au C.D.C.

— Je vais prévenir le docteur, mais il va peut-être falloir que vous attendiez. Il est en chirurgie.

Un quart d'heure plus tard, Scully avait l'impression que son crâne allait exploser. Les piaillements, miaulements et autres cris d'animaux dans la salle d'attente devenaient insupportables. Le vieux vétérinaire apparut enfin.

Il avait d'épais sourcils gris et des yeux vifs et attentifs.

Les deux agents étaient faciles à repérer. Hughart leur fit signe de pénétrer dans son cabinet.

— Entrez, entrez...

La pièce sentait le désinfectant. Une table d'opération en métal se trouvait au centre. Il y avait des armoires en verre partout sur les murs. Elles contenaient des flacons, des seringues.

Hughart croisa les bras et sourit.

— Que puis-je faire pour vous ? Je suppose que vous venez au sujet du rapport que j'ai envoyé au C.D.C. Pourquoi l'affaire a-t-elle été transmise au F.B.I. ? Est-ce qu'il y a danger d'épidémie ?

Mulder lui tendit une photo.

— Nous recherchons ces deux personnes, nous pensons qu'elles ont été kidnappées. Ce chien leur appartenait. Pouvez-vous nous dire qui vous a apporté l'animal ?

Le vétérinaire soupira.

— Il m'a été apporté par des touristes qui l'avaient renversé avec leur voiture. Il faisait nuit et il pleuvait. J'ai vu des gosses à l'arrière de la voiture. Ils pleuraient, les pauvres petits. Le père était pressé de ficher le camp, comme toujours dans ces cas-là. Mais j'ai accepté de m'occuper du chien malgré tout. Je pensais qu'il n'y avait plus d'espoir pour lui. Je sens quand un animal est sur le point de mourir. Mais ce labrador était... différent.

— Vous pouvez être plus précis ? demanda Scully.

— Il avait subi un traumatisme important. Côtes cassées, fractures multiples de la colonne, organes internes touchés. Il était évident qu'il allait mourir.

Il s'appuya contre la table d'opération avant de poursuivre :

— J'ai fait ce que j'ai pu, je l'ai désinfecté, bandé. Mais je savais que ce serait en vain. Ce chien était brûlant. Je n'avais jamais vu un animal avec une température aussi élevée. C'est pour cela que j'ai fait un prélèvement sanguin. J'avoue que je ne m'attendais pas du tout à trouver... ce que j'ai trouvé !

Fox et Dana échangèrent un regard : intéressante histoire !

— Dans le cas d'un trauma du type accident de la route, expliqua-t-elle, la température du corps ne devrait pas monter. Pas si le chien était en état de choc ou même dans le coma.

Le vétérinaire haussa les épaules.

— Exactement ! C'est bien cela qui m'a intrigué. Je me suis dit que le chien devait avoir une infection grave, ce qui aurait pu le désorienter et l'empêcher d'éviter la voiture.

Le vétérinaire baissa les yeux, embarrassé.

— Quand j'en suis arrivé à la conclusion qu'il n'y avait aucun espoir, je lui ai fait une piqûre de penthiobarbital de sodium. Je lui ai injecté une dose largement suffisante pour son poids. C'est la méthode la plus douce pour mettre un terme aux souffrances d'une bête.

— Pouvons-nous voir le corps de cet animal ?

Le médecin leur tourna le dos avant de répondre :

— J'ai bien peur que cela ne soit pas possible.

— On a déjà détruit le cadavre ?

— Non.

Hughart se retourna et les toisa.

— J'étais en train de travailler dans mon labo, j'examinais l'échantillon de sang. Il y a eu un bruit. Je suis venu voir, et j'ai aperçu le chien qui se sauvait. Pourtant, il avait les côtes en mille morceaux, et ses pattes avant étaient cassées.

Scully prit un air atterré.

— Est-ce que vous êtes en train d'essayer de nous faire croire qu'un chien qui a été renversé par une voiture et à qui vous veniez de faire une piqûre mortelle a eu la force de sauter de cette table d'opération et de se sauver dans la nature ?

Mulder hocha la tête.

— Il lui faudrait une résistance incroyable !

Agacé, le vétérinaire grogna :

— Écoutez, je ne sais pas comment expliquer

ce qui s'est passé, mais je sais ce que j'ai vu. Peut-être que ses blessures n'étaient pas aussi graves que je le croyais. Je doute d'avoir pu me tromper à ce point, mais les faits sont là. J'ai passé des heures à le chercher dans le quartier. Je pensais le retrouver mort, pas loin d'ici. Mais rien! Et personne ne m'a signalé avoir trouvé un cadavre de chien dans le coin. Les habitants de cette ville sont très bavards et les faits divers rares, c'est le genre de chose dont on m'aurait forcément parlé.

Scully changea de sujet.

— Avez-vous conservé l'échantillon de sang? Si oui, pouvons-nous le voir?

— Bien entendu. Suivez-moi.

Le petit labo de Hughart ne devait servir qu'à faire des numérations globulaires et des tests de dépistage de parasitoses communes. Le vétérinaire attrapa un gros microscope posé sur l'étagère du haut.

Il prit ensuite une lame sur laquelle se trouvait une tache brunâtre. Il la plaça sur l'appareil, régla la visée, et fit signe à Dana de venir jeter un coup d'œil.

— Lorsque j'ai examiné ce prélèvement pour la première fois, expliqua Hughart, ces éléments argentés grouillaient littéralement. Je n'avais jamais rien vu de pareil, et pourtant j'ai passé des années à étudier les parasites que peuvent contracter les animaux domestiques : les nématodes, les amibes, et tout le reste. Mais ces... trucs-là étaient si bizarres que j'ai préféré prévenir le C.D.C.

— Et le centre nous a contactés... murmura Scully tout en contemplant le sang du chien.

Ces choses de couleur métallique étaient trop géométriques, trop angulaires pour être des organismes normaux.

Elle non plus n'avait jamais rien vu de pareil.

Le vétérinaire reprit :

— Il y a deux jours, ces bestioles remuaient dans tous les sens, on aurait dit des... machines. Et maintenant, elles ne bougent plus. Elles doivent être mortes ou s'être mises en sommeil.

Dana prit son temps pour examiner ces étranges objets, mais elle ne comprenait toujours pas ce dont il s'agissait.

Fox attendit patiemment, sans rien dire ; elle lui en fut reconnaissante.

Elle s'écarta et lui fit signe de jeter un coup d'œil.

Puis elle prit le vétérinaire à part :

— Docteur Hughart, nous vous remercions de votre aide. Surtout, n'hésitez pas à nous contacter si vous vous souvenez de quelque chose ou si les propriétaires de ce chien se manifestent. Nous devons les retrouver. Le petit garçon que vous avez vu sur la photo souffre d'un cancer. Il lui faut reprendre son traitement.

Le vieil homme les raccompagna jusqu'à la réception, où le vacarme était épouvantable. Des chiens aboyaient partout.

Les deux agents descendirent les marches du perron et remarquèrent que le lama avait disparu. Un des assistants de Hughart avait dû s'en occuper.

Mulder attendit d'être dans la voiture pour dire timidement :

— Scully, puis-je me risquer à parler de nanotechnologie ?

— Je reconnais que ce sang contenait des éléments bizarres, mais cela ne veut pas dire que...

Mais les yeux de Fox étincelaient. Elle n'arriverait pas à faire tomber son enthousiasme !

— Réfléchis, bon sang ! Si Kennessy a testé ses nanomachines sur son chien, il a très bien pu les programmer pour qu'elles sachent « réparer » l'animal en cas de blessure ou de maladie ! Cela expliquerait comment il a récupéré de ses lésions et comment il a résisté à la piqûre ! Quant à sa poussée de température... ma foi, des milliers de petites machines qui s'agitent pour réparer des cellules, cela doit produire de la chaleur qui peut très bien passer pour de la fièvre.

Dana attacha sa ceinture.

— Désolée, Mulder, mais ce scénario est trop fantaisiste pour moi. Tu te rends compte, une armée de robots microscopiques qui guérissent un chien et le rendent virtuellement immortel ! Comment des machines pourraient-elles réparer des os brisés ou contrecarrer l'effet d'une injection de penthiobarbital de sodium ?

Mulder démarra et sourit.

— Ce n'est pas impossible. Si Kennessy travaillait sur l'utilisation de la nanotechnologie en biologie, et si ce chien était le sien... ne serait-il pas logique d'imaginer qu'il se soit servi de l'animal comme cobaye, en désespoir de cause ?

Scully réfléchit à voix haute :

— Le développement du cancer de son fils était des plus inquiétants. Il se peut qu'il ait négligé toute éthique...

Elle laissa ses pensées suivre leur cours.

— La chose est impossible, car pour pouvoir fonctionner de la façon dont nous parlons, il faudrait que ces nanomachines aient en elles le plan du corps de leur patient, son code A.D.N., afin de savoir comment le « réparer ».

— On dirait bien que Kennessy a réussi ce tour de force, non ? commenta Mulder.

Dana consulta la carte de la région pour voir quelle route ils devaient prendre. Mais elle continua de réfléchir à voix haute :

— Même si c'est le cas, quel lien y a-t-il avec le cancer galopant qui a tué le garde de DyMar en quelques heures ? C'est délirant. D'où venaient ces tumeurs, ces bosses ? Son cadavre était plein du même mucus que celui du chien.

Son coéquipier s'engagea dans la rue qui menait à l'autoroute.

— Ce fluide était peut-être un simple contenant pour les nanocréatures.

Scully soupira.

— Voilà une idée tirée par les cheveux !

— Pas de problème, j'utilise un bon shampooing.

— Tu crois que Kennessy a testé ses nanobestioles sur le chien et que le garde a été contaminé par des échantillons qui restaient sur le site du laboratoire détruit ?

Mulder cessa de sourire.

— C'est bien ce qui m'inquiète. Si ces choses sont dans la nature et de surcroît capables de passer d'une espèce animale à l'autre, alors nous avons là une peste potentielle en vadrouille dans le pays.

Elle regardait droit devant elle.

— Si ces machines trouvent un hôte humain et se modifient... Mon Dieu, Mulder, il faut que nous retrouvions ce chien !

Il ne répondit rien mais appuya sur l'accélérateur.

16

Hôpital de la Pitié
Morgue
Jeudi, 2 h du matin

La plupart des gens auraient pensé que se promener dans une morgue au milieu de la nuit était terrifiant ou au moins sinistre. Pas Edmund. Il trouvait le silence et la douce lumière très propices à l'étude. Il mettait à profit ses heures de garde en lisant des livres spécialisés... ainsi que des romans policiers.

Il avait bien l'intention d'entrer à l'école de médecine et de se spécialiser dans la médecine légale. S'il se débrouillait correctement, il pourrait devenir l'assistant attitré de Quinton, son mentor... Il n'avait pas d'autre but dans la vie !

Le problème, c'est qu'il avait du mal à apprendre. Un mal fou. Il essayait donc de prendre de l'avance en étudiant avant même de commencer le cursus universitaire. Il potassait tous les livres, tous les schémas qui lui tombaient sous la main.

Après tout, le grand Abraham Lincoln était un autodidacte lui aussi, non ? Il n'y avait rien de mal à vouloir l'imiter, au contraire !

Edmund avait du temps, et il avait surtout la volonté et l'ambition nécessaires pour réussir.

Les néons éclairaient la longue salle aux murs carrelés de blanc. Les portes métalliques des casiers étincelaient. Il n'y avait pas le moindre bruit, l'hôpital sommeillait. Le seul son perceptible était celui du compresseur des réfrigérateurs qui ressemblait à la lourde respiration d'un homme endormi.

Edmund était seul dans la morgue, de nuit, et cela lui plaisait.

Il tourna les pages de son livre. Il fallait qu'il mémorise la différence entre une blessure « par perforation » et une blessure « par pénétration ». Dans le cas de la pénétration, la balle entrait dans le corps et y restait. Tandis que dans le cas de la perforation, la balle ressortait après avoir traversé l'individu, emportant avec elle des chairs broyées au passage, ce qui créait une deuxième plaie, beaucoup moins ronde et précise qu'au point d'entrée.

Le livre était illustré de photos et de diagrammes qui permettaient d'apprécier la différence. Il se gratta le menton pensivement. Un des dessins montrait, flèches à l'appui, le trajet d'une balle à travers un corps. Dans un cas, le patient avait une chance de s'en sortir ; dans l'autre, la mort pouvait être instantanée.

Edmund appréciait d'être seul en de tels

moments. Il commençait à bien faire la différence entre les deux types de blessure, mais il devait maintenant mémoriser tout cela. Sa tête lui faisait mal, mais il se refusait à prendre une autre aspirine ou une énième tasse de café. Son cerveau devait apprendre à apprendre.

Il poussait un soupir d'agacement lorsqu'il sentit soudain quelque chose bouger... remuer...

Le jeune homme carra ses épaules et leva le nez de son livre. Il n'y avait rien dans la pièce. Un néon clignotait au bout de la salle.

Bon, il allait envoyer un petit mémo à l'équipe de maintenance, leur demandant de venir changer la lampe. Et pendant qu'ils y étaient, qu'ils se décident à ajouter du fréon ! Que ces damnés congélateurs à cadavres aient enfin droit à un check-up !

Edmund se replongea dans sa lecture, attaquant un nouveau chapitre qui traitait des blessures infligées par les armes dites « contondantes ».

Il entendit alors nettement quelque chose... un bruit sourd !

Le jeune homme se redressa sur sa chaise. Cela faisait suffisamment longtemps qu'il travaillait ici pour ne pas risquer d'imaginer des bruits de chaînes, et il connaissait chaque son que pouvaient produire les machineries reliées à cette salle.

Un autre coup !

On frappait sur quelque chose de métallique !

Il se leva, essayant de déterminer d'où venait le son. S'agissait-il d'une personne blessée qui s'était perdue en cherchant le chemin des urgences, ou avait-il droit à une visite ? Mais qui pourrait venir à cette heure, et pour quoi faire ?

Le martèlement devint plus fort, plus insistant. Pas question de faire semblant plus longtemps : cela provenait d'une des palettes du frigo à macchabées !

Quelqu'un, à l'intérieur, tapait de plus en plus fort...

Malgré lui, Edmund recula. Il avait du mal à respirer. Comment un mort pouvait-il cogner contre les parois de sa chambre froide ?

Il avait lu des histoires d'enterrés vivants, bien sûr. Il connaissait aussi les rumeurs qui couraient parmi les étudiants en médecine : à ce qu'il paraît, on avait déjà mis au congélateur des gens qui n'étaient pas morts, mais simplement dans le coma, et les malheureux s'étaient réveillés pour être tués par le froid intense. On donnait même des détails : c'étaient des cas de suspension des fonctions vitales qui pouvaient ressembler à la mort, crises d'épilepsie ou comas diabétiques !

Edmund n'avait jamais cru à ces fariboles. Ces racontars ne servaient qu'à effrayer le personnel.

Et pourtant, il entendait parfaitement qu'on remuait dans un des réfrigérateurs !

Il avança et trouva enfin d'où cela venait précisément.

— Hé oh, vous m'entendez ? Bougez pas, m'sieur, je vais vous sortir de là !

Le son provenait du compartiment 4E, celui marqué « DANGER DE CONTAMINATION », celui du macchabée couvert de pustules et de pus. Il était impossible que ce type-là soit encore vivant, pas dans cet état ! Cela faisait, de toute façon, plusieurs jours qu'il était dans le tiroir. La femme du F.B.I. avait même pratiqué une autopsie sur lui.

Il ne pouvait pas être vivant, c'était inconcevable.

— Y a quelqu'un ? cria-t-il par acquit de conscience.

Le bruit s'arrêta. Un long silence suivit, puis un nouveau son résonna dans la longue salle : on aurait dit des pieds qui frappaient hystériquement une surface... ou alors des rats qui grouillaient...

Si tout ceci était une blague, Edmund démasquerait le coupable et lui ferait passer un sale quart d'heure. Certains étudiants qui effectuaient un stage à l'hôpital se moquaient de lui, le traitaient de simple d'esprit, disaient qu'il ne réussirait jamais à entrer à l'école de médecine...

Il soupira.

En attendant, il fallait tout de même s'assurer qu'il n'y avait pas dans le tiroir une personne réellement en danger.

— Vous êtes là ? appela-t-il en se penchant vers la porte du 4E. Je vais vous ouvrir, ne paniquez pas !

Il rassembla ce qui lui restait de courage et tira sur la poignée du tiroir.

Celui-ci s'entrouvrit, et quelque chose essaya d'en sortir, quelque chose d'immonde...

Le jeune homme hurla de terreur et essaya de refermer immédiatement.

Une masse remuait dans la pénombre, faisant tanguer le tiroir sur ses rails.

Une ombre jaillit, souple comme un fouet. Ce n'était pas un membre humain, aucune articulation n'était aussi flexible. C'était plutôt un tentacule.

Ed gémit de terreur mais continua de refermer le tiroir tout en évitant de toucher la chose.

D'autres membres — ou d'autres tentacules — se joignirent au premier pour battre l'air et essayer de le saisir.

Un liquide verdâtre coulait par terre.

Ed réussit presque à refermer le tiroir. Ce faisant, il coinça deux des tentacules et un membre aux doigts palmés.

L'être continuait de remuer dans le réfrigérateur, mais il n'émettait pas le moindre son. Pas de cri de douleur, rien.

Le jeune homme reprit courage, pesa de tout son poids et écrasa les pseudo-doigts qui finirent par se libérer et rentrer prudemment dans le tiroir.

Il cria de soulagement et remit la poignée et le loquet en place. Ouf!

Tremblant mais heureux d'avoir réussi à se débarrasser du monstre, il vérifia que le compartiment était bien fermé.

Puis il recula et contempla avec horreur le 4E.

La chose à l'intérieur continuait de gigoter.

— Couché! cria Edmund.

Il eut une idée et courut jusqu'aux contrôles généraux de la chambre froide. Là, il régla la température au minimum. Le meilleur moyen de faire tenir tranquille cette bestiole était de l'endormir en se servant du froid, de la congeler pour de bon! Le système était rapide et allait tout ajuster en fonction de ses ordres en quelques minutes à peine.

De l'air intensément froid circulerait dans les tiroirs, et la bête qui s'était, Dieu seul savait comment, faufilée dans le compartiment où l'on avait mis le cadavre du garde allait geler sur place.

Les bruits s'arrêtèrent au moment où l'air polaire commença à circuler dans le système. Mais Ed n'était pas si bête, il n'allait pas remettre la température à la normale aussi vite! Le monstre était malin, son silence pouvait fort bien n'être qu'une ruse! Et il n'avait qu'une seule arme à sa disposition pour lutter contre la chose : le froid. Il allait donc s'en servir jusqu'à ce que mort s'ensuive.

Le jeune homme attendit, tout en observant le thermomètre qui commençait à se stabiliser en bas de sa graduation. Que se serait-il passé si la bête avait réussi à sortir du tiroir? Elle l'aurait sûrement mangé, puis elle serait allée ramper, toute gluante et visqueuse, dans les couloirs de l'hôpital, passant de chambre en chambre, dévorant les pauvres patients les uns après les autres...

Tout était redevenu silencieux. Ce n'était pas un piège. L'animal ne bronchait plus.

Il lâcha les commandes du réfrigérateur et attrapa le téléphone de service. Il appela la sécurité et leur demanda de venir de toute urgence.

Les deux gardes qui arrivèrent avaient un *a priori* très négatif au sujet de cette « urgence ». C'étaient des vieux de la vieille. Ils avaient l'habitude des fausses alertes, et il était fréquent que les personnes de service à la morgue pètent les plombs et appellent au secours dès qu'il y avait un bruit.

Le monstre dans le tiroir du réfrigérateur ne bougeait toujours pas.

Ed se disait que c'était parce qu'il était mort, congelé par sa petite manipulation du système de réfrigération.

Les deux vigiles, eux, faillirent mourir de rire quand il leur raconta son histoire et dirent au pauvre garçon qu'il avait trop d'imagination.

Celui-ci les laissa se moquer. Il n'était pas question qu'il ouvre de nouveau le compartiment ! Pas même pour prouver à ces deux brutes qu'il avait raison.

Il n'avait qu'une seule idée en tête : ne pas être dans les parages la prochaine fois que quelqu'un vérifierait le contenu du tiroir 4E !

17

Pont de Ross Island
Portland, Oregon
Jeudi, 7 h 18

Dans le brouillard du petit matin, le pont ressemblait à un enchevêtrement sans fin de poutrelles de métal, une construction magnifique.

Mais Jeremy Dorman ne voyait rien de beau dans ce pont. Pour lui, ce n'était qu'un moyen de passer la rivière Willamette et de quitter enfin la ville. Une fois dans la nature, il pourrait peut-être retrouver Jody et Patricia Kennessy.

Il avançait pas à pas. Ses pieds n'étaient plus que deux masses de chair indistinctes. Ses jambes étaient sans force. Son corps se métamorphosait. Des articulations apparaissaient sur ses membres aux endroits les plus fantaisistes.

Une fois arrivé au milieu de l'immense pont, il se retourna. Les lumières de la cité n'étaient plus que des petits points flous dans le lointain.

Il se concentra sur l'extrémité du pont qu'il devinait dans la brume. Un pas après l'autre, encore un ! Il fallait continuer sans s'arrêter. C'était pour lui le seul espoir. Il fallait qu'il retrouve Patricia Kennessy et son fils !

Portland était enfin derrière lui, mais les immenses collines semblaient si loin à l'horizon !

Il faisait froid, pourtant il ne sentait rien. Il ne s'était même pas aperçu que ses vêtements, trempés de boue, séchaient sur lui.

Dorman avait la chair de poule, et cela n'était pas dû à la température, mais aux changements monstrueux qui se produisaient dans son corps. En tant que scientifique, il trouvait le phénomène intrigant.

En tant que victime, il était horrifié.

Le malheureux avait du mal à avaler sa salive. Il avait du mucus plein la gorge, ce même mucus qui suintait par tous les pores de sa peau. Ses dents se déchaussaient, il voyait de plus en plus flou.

Mais il devait, malgré tout, continuer de marcher. Il n'avait pas le choix.

Un vieux pick-up passa à côté de lui sur le pont en faisant un boucan épouvantable. Jeremy suivit le véhicule des yeux jusqu'à ce que ses feux arrière ne soient plus que de vagues lueurs. Le bruit de la guimbarde résonnait douloureusement dans son crâne.

Soudain, sa colonne vertébrale se tordit comme la queue d'un serpent en colère. Son estomac lui remonta dans la gorge. Il crut que son corps allait se disloquer, fondre, et devenir une masse gélatineuse qui allait couler sur le pont et dans la rivière plus bas.

Il hurla, et sa voix n'était plus humaine :

— *Nooooooon !*

De ses mains moites, insensibles, à la peau couleur de cire, il s'agrippa au garde-fou et, par un effort de volonté immense, réussit à reprendre le contrôle. Ses convulsions s'arrêtèrent. Il fallait qu'il reste maître de lui-même.

Il avait de plus en plus de mal à conserver son intégrité corporelle. Ses organes internes semblaient avoir chacun une vie indépendante, et il n'y avait pas moyen de les faire redevenir ce qu'ils étaient à l'origine.

Il serra si fort la rambarde qu'il crut bien qu'il allait la briser...

Vu de l'extérieur, il devait ressembler à un candidat au suicide sur le point de faire le grand saut. Mais Dorman n'avait nulle intention de mourir. Bien au contraire.

Il ne pouvait demander de l'aide à un médecin. La science classique ne pouvait rien pour lui. Et puis, le danger serait trop grand. S'il fallait qu'il donne son nom ou qu'il décrive ce qui n'allait pas, il risquait d'attirer l'attention sur lui.

Non, il devait supporter la douleur, seul, coûte que coûte.

Lorsque la crise fut passée et que, tremblant et couvert de sueur, il comprit que son corps ne se disloquerait pas ce soir encore, il tenta de se concentrer de nouveau sur son but : Jody.

Il sortit de la poche de sa chemise crasseuse la photo qu'il avait trouvée dans le bureau de David : la blonde et charmante Patricia et son petit Jody qui souriaient en fixant l'objectif. Cette image qui respirait le bonheur datait d'avant la leucémie du garçon, avant que David ne se lance à corps perdu dans la recherche.

Dorman ferma les yeux.

Il connaissait bien les Kennessy. Il était plus qu'un collègue, en fait un véritable ami. Il faisait partie de la famille. Et c'était justement pour cela qu'il avait sa petite idée quant à l'endroit où Patricia s'était réfugiée.

Jeremy avait survécu à la destruction du labo grâce à la nanotechnologie inventée par David. Il avait agi impulsivement et s'était injecté un des échantillons. Les nanocréatures l'avaient gardé en vie... et maintenant elles s'apprêtaient à le détruire. Son corps tombait littéralement en panne. Il ne pouvait rien faire pour arrêter le massacre, pas avant d'avoir retrouvé le gosse en tout cas.

Il atteignit enfin l'autre berge et se dirigea vers l'ouest. Les collines couvertes de brumes se profilaient à l'horizon.

18

Côte de l'Oregon
Jeudi, 12 h 55

Mulder arrêta la voiture à la station d'essence. Tout en descendant du véhicule, il regarda dans la direction du bureau où l'on devait payer. Il s'attendait presque à découvrir des petits vieux fumant la pipe dans des chaises longues, ou tout du moins il pensait que quelqu'un viendrait leur souhaiter la bienvenue, comme dans les westerns.

Scully sortit de la voiture pour s'étirer un peu. Le paysage, dans la région, était superbe : des forêts à n'en plus finir, des maisons isolées, des petits villages le long de la côte.

Ce matin même, au moment précis où ils allaient quitter leur motel, le Bureau les avait contactés.

On tenait une nouvelle piste : apparemment, le frère de David Kennessy vivait dans une communauté qui avait élu domicile non loin de la ville où le labrador noir avait été soigné.

On savait peu de chose sur ce groupe de marginaux. L'endroit exact où ils vivaient était tenu secret. Ils n'employaient ni eau ni électricité. Fox pensait qu'il était possible que Jody et Patricia soient avec eux.

Que l'enfant et sa mère soient en cavale ou qu'ils aient été enlevés par des personnes qu'ils connaissaient, le camp de la communauté était la planque idéale.

Le seul problème étant qu'il restait à trouver ces joyeux lurons...

Mulder ouvrit le réservoir, décrocha la pompe et commença à faire le plein.

La porte du bureau s'ouvrit à la volée. Mais, au lieu d'un brave homme souriant, une espèce de brute au ventre en forme de bouée de sauvetage apparut.

— Hé, ne touchez pas à la pompe ! aboya-t-il. Ce n'est pas un self-service ici !

Mulder regarda bêtement la pompe. On y lisait en toutes lettres les mots : SELF-SERVICE.

Mais le gros homme lui prit l'ustensile des mains comme on retire une boîte d'allumettes à un gosse.

Il avait l'air de considérer que seul un véritable professionnel pouvait se livrer à cette délicate opération.

Scully trouva l'incident amusant :

— Qu'est-ce qui t'arrive, Mulder ?

Le type de la station indiqua la plaque minéralogique de leur voiture et les fusilla du regard.

— Les Californiens comme vous sont tous des cinglés ! Ici, on est dans l'Oregon, m'sieursdames ! On ne laisse pas les amateurs toucher à nos pompes à essence !

Fox sourit en même temps que Dana.

— Nous ne sommes pas des Californiens, expliqua-t-il. Nous sommes du F.B.I. Je peux vous assurer que l'utilisation d'une pompe à essence faisait partie de notre formation à l'académie de Quantico.

Il sortit son badge.

— Je peux même vous dire que l'agent Scully, ici présente, est encore plus qualifiée que moi.

Le type le dévisagea d'un air soupçonneux.

Il portait un vieux gilet de corps, sa barbe était mal rasée... le genre de bonhomme qui n'a jamais mis une cravate de sa vie, se dit Mulder.

Sa partenaire sortit de son sac la photo des Kennessy.

— Nous recherchons ces deux personnes. La mère a la trentaine, l'enfant environ huit ans. Ce gosse est en train de mourir d'un cancer, et nous craignons qu'ils n'aient été kidnappés.

Le pompiste commença à remplir le réservoir, les chiffres se mirent à tourner sur les compteurs de la pompe.

— Je les ai jamais vus de ma vie.

— Ils ont un labrador noir avec eux.

— Je les ai jamais vus de ma vie.

Scully passa de l'autre côté de la voiture et lui colla carrément la photo sous le nez.

— Monsieur, vous n'avez même pas regardé ce cliché !

Le bonhomme examina la photo, puis répéta :

— Jamais vus de ma vie... J'ai mieux à faire que

de surveiller les allées et venues des étrangers, moi !

Mulder haussa un sourcil. Il avait suffisamment d'expérience pour deviner que l'énergumène était, au contraire, le genre de personne à tout surveiller. Dans une demi-heure, la moitié du comté saurait que des agents du F.B.I. étaient dans la région à la recherche d'une maman et de son gosse.

Dana insista :

— Nous avons des raisons de penser qu'ils ont rejoint une communauté qui vit dans le coin. Un membre de leur famille en fait partie. Savez-vous où ils se trouvent ?

Le gros ricana.

— Je connais des coins où y pourraient bien être, mais c'est dans la forêt, et aucune personne sensée ne s'approcherait de ces cinglés !

Elle sortit sa carte.

— Voici mon numéro de portable. Si vous vous souvenez de quelque chose, si vous avez du nouveau, appelez-moi. N'hésitez pas. Nous ne voulons pas arrêter cette femme et son fils. Nous voulons au contraire les aider. Il est possible qu'ils soient retenus contre leur gré.

Le bonhomme mit le carton dans sa poche et raccrocha la pompe.

— O.K., m'dame. Je suis toujours heureux de faire mon devoir de citoyen.

Frapper aux portes... cela n'est guère amusant, surtout lorsqu'on joue à ce petit jeu plusieurs heures de suite !

Les deux agents firent toutes les maisons, magasins de souvenirs, d'articles de pêche, cafés, galeries d'art — tout ce qui se trouvait sur leur passage. Mulder n'était pas convaincu que cette façon de procéder était la bonne, mais il suivit néanmoins Scully.

C'était ça ou rester à se tourner les pouces dans leurs chambres de motel à Lincoln City.

Il sortit son téléphone portable, pour appeler le Dr Frank Quinton, à la morgue de la Pitié. Mais les vallons bloquaient la transmission. Impossible d'accrocher le réseau.

Fox était furax. Il avait peut-être des messages urgents dans sa boîte vocale...

Le coin était désert. Les rares maisons éparpillées dans ces bois n'avaient pas l'électricité. Il n'était donc pas étonnant de ne pas trouver de répétiteur réseau dans le coin. Même avec le modèle de portable ultra-sensible fourni par le F.B.I., rien!

Il referma son appareil et le glissa dans sa poche.

— On dirait bien que nous sommes au bout du monde, Scully.

Les pins de chaque côté de la route étaient si hauts qu'ils cachaient presque le ciel, donnant l'impression aux deux coéquipiers de traverser une cathédrale sylvestre. De la mousse avait poussé sur la route. Quelqu'un avait monté des clôtures en fil de fer barbelé derrière une ligne d'arbres. Des panneaux « PROPRIÉTÉ PRIVÉE — INTERDICTION D'ENTRER » étaient accrochés tous les cinq mètres.

Fox ralentit un peu pour mieux voir.

— Ils ne sont pas très accueillants, dans le coin, commenta-t-il.

— Non, on dirait qu'ils ont quelque chose à cacher. Est-ce que tu crois que nous sommes loin du campement de la communauté ?

Soudain, il écrasa la pédale de frein. Il venait d'apercevoir un animal dans le sous-bois : un grand chien noir !

— Scully, là ! C'est peut-être Vador... Viens, suivons-le !

Avant que Dana ait pu dire quoi que ce soit, il gara la voiture sur le bas-côté et commença à poursuivre l'animal.

Elle ouvrit sa portière et s'aperçut qu'elle allait devoir traverser le fossé.

— Mulder, ce n'est qu'un chien !

— Je sais, mais c'est la meilleure piste que nous ayons trouvée depuis ce matin !

Il fonça jusqu'aux barbelés, écarta de la main deux fils rouillés qui pendouillaient et les maintint en place pour sa compagne.

Derrière lui, le chien noir aboyait furieusement.

— Petit, petit ! appela-t-il.

Il essaya de siffler, puis suivit l'animal dans le bois.

— Petit, gentil toutou !

Il se mit à courir.

— Ce n'est pas comme ça qu'on fait obéir un chien ! se moqua Dana. Tu n'as donc jamais eu d'animal domestique ?

— Si, j'ai eu un poisson rouge. Mais il ne venait jamais non plus quand je le sifflais !

Il s'arrêta un instant. Le mystérieux chien noir jappait toujours dans le lointain.

— Par ici !

La plupart des arbres, dans cette partie du sous-bois, étaient ornés de panneaux annonçant : « DANGER », « INTERDICTION D'ENTRER », « DANGER DE MORT ! », « DES POURSUITES PÉNALES SERONT ENGAGÉES CONTRE LES INTRUS ! »

Scully se dit qu'il allait falloir regarder où ils mettaient les pieds : les propriétaires des lieux devaient avoir posé des pièges un peu partout. Elle n'avait pas envie de se retrouver accrochée à un arbre, prise dans un collet ou, pire encore, au fond d'un fossé dissimulé sous des feuilles et des branchages.

Fox, lui, sprintait sans se poser de questions. À bout de souffle, il arrivait en haut d'une petite colline.

Elle le rejoignit, et ils gravirent le sommet ensemble.

— Euh... Mulder...

Des douzaines de chiens les cernaient, leur aboyant après, montrant les dents.

Devant eux s'étendait un camp retranché protégé par des barbelés, des miradors, des gardes.

Fox distingua des bunkers, des maisons à demi enfouies dans le sol, des cabanes en rondins.

Le chien noir avait donné l'alerte.

Des hommes et des femmes en armes surgirent de nulle part. D'autres personnes sortirent des baraquements pour voir ce qui se passait. Des mères serraient leurs enfants dans leurs bras.

Quelqu'un tira des coups de feu en l'air.

Les deux intrus étaient mis en joue par une douzaine d'armes de gros calibre.

Mulder leva les mains immédiatement.

— Nous sommes des agents fédéraux ! cria-t-il.

Cette nouvelle n'eut pas l'effet escompté. Bien au contraire, les gardes se rapprochèrent.

Scully murmura entre ses dents :

— Mulder, ces gens appartiennent à une communauté. Je ne pense pas qu'ils aiment beaucoup le F.B.I.

— Restez calmes ! insista Fox. Je vais sortir mon badge de ma poche, vous n'avez rien à craindre.

Un vieil homme avec une barbe de patriarche avança d'un pas sans pour autant baisser son fusil.

— On ne vous apprend donc pas à lire, au F.B.I. ? demanda-t-il. Pour arriver jusqu'à nous, vous avez dû passer devant exactement quatre cent soixante-deux panneaux « interdiction d'entrer ». Est-ce que vous avez un mandat ?

Scully décida de prendre l'affaire en main et sortit de sa poche la photo des Kennessy.

— Nous sommes désolés de vous déranger, monsieur, mais nous suivions votre chien noir. Nous recherchons cette femme et cet enfant. La mère et le fils.

— Ne faites pas un pas de plus, sinon vous allez vous retrouver en plein milieu d'un champ de mines ! fit le bonhomme. Restez là où vous êtes !

Mulder avait du mal à croire que ces gens puissent laisser leurs chiens gambader sur un champ de mines. Mais mieux valait être prudent. Il savait, par expérience, qu'il ne fallait jamais contrarier un homme qui a un gros calibre entre les mains !

Une femme armée d'un semi-automatique cria :

— Qui sont ces gens sur la photo ? Que leur voulez-vous ?

Dana répondit :

— Le petit garçon est très malade. Il faut qu'il soit soigné. Il possède un labrador noir. Nous avons vu votre chien, et nous avons pensé qu'il pouvait s'agir de cet animal.

Le vieillard barbu éclata de rire.

— Notre chien n'est pas un labrador ! C'est un épagneul. On ne vous apprend donc rien, à l'école du F.B.I. ?

Mulder hocha la tête.

— J'étais absent le jour où on a étudié les épagneuls...

Scully reprit ses explications.

— Les personnes que nous recherchons s'appellent Jody et Patricia Kennessy. Nous savons que le beau-frère de Patricia vit dans une communauté semblable à la vôtre. Pourrions-nous lui parler ?

La femme au semi-automatique fronça les sourcils :

— Cette Patricia Kennessy est mariée avec David Kennessy, le scientifique ?

— C'est exact, répondit Fox. David a été tué récemment. Nous avons des raisons de penser que sa femme et son fils ont été enlevés.

La femme appela d'une voix de stentor :

— Hé, Darin ! Viens voir !

Un homme sortit alors d'une des casemates et vint vers eux.

— Je suis Darin Kennessy, le frère de David. Pourquoi recherchez-vous ma belle-sœur et son fils ? C'est vrai ce que vous avez dit ? Mon frère est mort ?

Les deux agents lui exposèrent la situation. Il sembla très ému par les tristes nouvelles. Manifestement, il n'était pas au courant de ce qui s'était passé.

— Nous essayons d'éviter les gens comme David, expliqua Darin en soupirant. Nous voulons vivre loin de tout, bâtir notre univers comme nous l'entendons, vivre avec des voisins chaleureux et construire une vraie communauté. Nous n'avons aucun contact avec le monde extérieur, qui court à sa perte. Nous pourvoyons à tous nos besoins. Les personnes comme vous, qui portent des cravates, sont uniquement des causes de problèmes.

Scully décida d'en finir une fois pour toutes avec cette discussion.

— Est-ce que Jody et Patricia sont avec vous ? Savez-vous où nous pourrions les trouver ?

L'homme baissa les yeux.

— Non. Cela fait des années que David et moi nous ne nous voyions plus. Nous faisions partie de deux mondes différents. Je sais qu'il lui arrivait de passer ses vacances dans la région, avec sa femme et son gosse. Mais ils ne sont jamais venus me rendre visite.

Il indiqua les barbelés et ajouta :

— Je crois que le paysage ne leur plaisait pas trop.

— Mais vous êtes l'oncle de Jody, dit Mulder. Vous deviez tout de même lui envoyer une carte pour son anniversaire, non ?

— La seule personne avec qui le gosse passait

du temps s'appelait Jeremy Dorman, l'assistant de David. Il était devenu l'oncle du petit à ma place.

— Puis-je vous donner ma carte ? proposa Fox. Je voudrais que vous nous contactiez au cas où.

Darin le fusilla du regard.

— Nous n'avons pas le téléphone, voyons !

Scully sourit poliment.

— Dans ce cas, merci de votre aide. Au revoir.

Elle tira son coéquipier par la manche et lui murmura :

— On s'en va !

Tandis qu'ils s'éloignaient, le vieillard lança :

— Faites bien attention au champ de mines !

— Nous allons regarder où nous mettons les pieds ! rétorqua Dana sans se donner la peine de se retourner.

Arrivés à leur voiture, ils se laissèrent tomber sur les sièges.

— Les communautés hippies ne sont plus ce qu'elles étaient, soupira Fox.

19

Chalet de Jeremy Dorman
Oregon
Jeudi, 23 h 47

Le hurlement de l'enfant réveilla Patricia en sursaut. Elle repoussa les couvertures sales qu'elle avait trouvées sur le lit en arrivant au chalet, et se précipita dans la pièce principale.

— Jody !

Elle était désorientée par les ténèbres. Tout était silencieux, trop silencieux. Le chien émit un léger grognement.

Patricia avança. Son petit avait besoin d'elle.

Elle se cogna dans une chaise.

— Jody !

Les rayons argentés de la lune éclairaient le garçon allongé sur son lit, couvert de sueur.

Dans la cheminée luisaient les restes du feu que Pat avait allumé une fois la nuit tombée, afin que personne ne remarque la fumée.

La jeune femme s'approcha. Vador s'était

réveillé et la regardait avec affection, un peu surpris. Il émit un petit gémissement amical.

Jody dormait. Il avait simplement fait un cauchemar, une fois de plus.

Depuis qu'ils s'étaient installés dans ce chalet, il rêvait souvent. Pat se demandait si c'était à cause de la peur, de leur course folle, loin de la ville et du danger, ou... à cause d'autre chose.

Le chien posa le museau sur le genou de sa maîtresse. Elle le gratta entre les oreilles.

— Tout va bien, mon beau.

Puis elle mit la main sur le front de Jody.

Il brûlait de fièvre. Cela ne l'étonnait pas : son corps était un véritable champ de bataille. David lui avait dit la vérité, Pat savait pourquoi son fils avait régulièrement des poussées de température.

Parfois, elle se disait qu'il aurait peut-être mieux valu que Jody meure. Mais, immédiatement après avoir pensé cela, elle avait honte d'elle...

Le chien alla chercher sa balle de tennis et vint la déposer sur le lit.

La brave bête avait compris que son petit maître n'était pas bien. Il pensait que jouer un peu arrangerait tout.

Patricia soupira.

— Tu n'es jamais fatigué, hein, Vador ?

Ce dernier reprit la balle et la mâchonna avec enthousiasme.

Patricia se souvenait, comme si c'était hier, du jour où David et elle étaient tranquillement assis dans le salon de leur petite maison de Tigard. Jody souffrait horriblement. Il avait pris ses médicaments, s'était plongé dans un bain extrêmement chaud et s'était couché, laissant ses parents seuls.

Mais, ce soir-là, Vador avait décidé de s'amuser. Et puisque son habituel compagnon de jeux n'était pas disponible, David chahutait avec lui. Patricia observait la scène. Elle ne comprenait pas comment ce labrador, qui avait huit ans comme son fils, pouvait déployer autant d'énergie.

— On dirait qu'il rajeunit, commenta-t-elle. Je me demande comment cela est possible.

David sourit. Il était bel homme. Ses sourcils épais et ses cheveux courts lui donnaient une allure de séducteur.

— Ma chérie, notre chien se sent mieux parce qu'il vit là une véritable cure de jouvence. Des millions de petits ouvriers sont en train de le remettre à neuf !

Patricia bondit.

— Tu as encore emmené Vador au laboratoire ? Qu'est-ce que tu lui as fait ? Je veux savoir !

Le labrador cessa de jouer et lui lança un coup d'œil réprobateur : on ne se fâche pas quand on est en pleine partie de « va chercher la baballe », voyons !

David regarda son épouse droit dans les yeux.

— Je n'ai rien fait, je te le jure.

Depuis le temps qu'elle était mariée avec lui, Patricia avait appris à reconnaître quand il mentait.

David ne vivait plus que pour ses recherches, et fonçait tête baissée, sans réfléchir, sans lui demander son avis, sans même voir ce qui se passait autour de lui. Le style Kennessy tout craché !

Il n'avait rien remarqué lorsqu'on avait commencé à surveiller la maison. Pat lui avait dit qu'on la suivait, qu'il y avait des bruits étranges dans le téléphone. Mais il avait répondu qu'elle rêvait.

C'était assurément un génie, mais il portait parfois des œillères. Cela dit, il avait tout de même eu le réflexe de prévenir sa femme au dernier moment, pendant l'assaut.

Patricia n'avait pas posé de question. Elle avait attrapé son fils et elle avait fui.

Jody bougea sur son petit lit. Pat lui toucha le front. Elle savait qu'elle ne pouvait rien pour faire baisser sa température. Elle le borda, arrangea l'oreiller sous sa tête et passa une main dans ses cheveux.

Vador, pour sa part, avait compris que personne n'avait envie de jouer avec lui à cette heure-ci. Il s'était donc couché à côté du lit de son maître, la balle de tennis entre les pattes.

Patricia, heureuse de voir que le chien allait veiller sur son enfant, retourna se coucher. Elle n'avait allumé aucune lumière, de peur qu'on ne repère le chalet dans la nuit.

20

Rose Mary's Coffee Shop
Lincoln City, Oregon
Vendredi, 8 h 51

Assis sur un tabouret au comptoir, Mulder sirotait un café bouillant. Il portait encore son imper trempé de pluie.

Il posa les coudes sur le bar, puis les retira aussitôt : on n'avait pas encore passé l'éponge, il y avait du ketchup et des taches de gras partout.

La serveuse, qui appelait tout le monde « mon chou », circulait entre les tables. Il y avait du monde ce matin. Les habitués. Ils portaient tous des vestes de chasse usées, des tee-shirts et des casquettes publicitaires.

Lui, en revanche, ne devait pas passer inaperçu, avec son costume-cravate, son imper et ses chaussures bien cirées !

Il avait reçu ce matin, au motel, un paquet au

nom de « M. Jones », envoyé par un certain « M. Smith ».

Les « justiciers solitaires » étaient de véritables paranos et trouvaient qu'on ne prenait jamais assez de précautions.

Byers, Langley et Frohike, ces trois cinglés qui avaient souvent aidé Mulder, voyaient des conspirations et des plans diaboliques partout — même là où lui n'en voyait pas, ce qui n'était pas peu dire ! Ils lui fournissaient cependant de précieux renseignements. Il n'avait jamais osé leur demander qui étaient leurs informateurs.

Cette fois-ci, les trois zigotos lui avaient envoyé tout ce qu'ils avaient sur la nanotechnologie.

Il commanda un autre café et une tranche de gâteau.

La serveuse prit un air navré :

— Tu prends ce que tu veux pour ton petit déjeuner, mon chou, mais tu devrais manger plus !

Fox réalisa alors que le type assis à l'autre extrémité du bar avait dans son assiette un casse-croûte de bûcheron : œufs au plat, saucisses, toasts, pancakes, deux verres de jus d'orange et un verre de lait. Beurk !

Secouant la tête, Mulder sortit discrètement l'enveloppe qu'il avait reçue et en examina le contenu : coupures de presse, copies de sites internet, et une micro-cassette.

Il fouilla dans sa poche : dictaphone, petit écouteur intra-auriculaire... et il mit la cassette en marche.

La voix de Frohike :

— *Bonjour, agent Mulder, et bonjour, agent*

Scully, si vous êtes là ! Voilà, vous avez sous les yeux tout ce que nous avons pu dénicher sur le sujet qui vous turlupine. Il y a pas mal d'infos, au sujet de la nanotechnologie, qui circulent librement. Et tout ça est plutôt terrifiant. C'est encore plus paniquant quand on imagine que c'est seulement la partie émergée de l'iceberg ! Qu'est-ce qu'on doit nous cacher ! Si la nanotechnique tient ne serait-ce qu'un quart de ses promesses, l'humanité va changer comme jamais auparavant.

Il connaissait suffisamment Frohike pour savoir que celui-ci allait sans doute perdre un quart d'heure à pester contre le gouvernement et l'humanité en général. Par bonheur, le bonhomme se contenta de soupirer profondément et continua son exposé :

— *O.K., Mulder, voilà le topo. La nano consiste à fabriquer des machines assez petites pour aller réparer des cellules. Elles peuvent effectuer n'importe quelle tâche et sont dotées d'une intelligence qui leur permet de savoir ce qu'elles font. Ces trucs sont d'une taille qui approche le milliardième de mètre : un nanomètre, d'où leur nom.*

Fox avala une gorgée de café.

— On n'arrête pas le progrès, murmura-t-il.

— *La nanotechno est le résultat de la miniaturisation et de l'augmentation constante de puissance des processeurs,* reprit la voix dans l'écouteur. *Dans les années cinquante, le prix Nobel Richard Feynman eut cette idée le premier. Il en avait parlé avec John von Neumann, un des savants qui bossaient sur le projet Manhattan. Il envisageait de construire des machines pensantes capables de se reproduire. Ce Neumann a conçu le premier ordi-*

nateur digne de ce nom. Mais le grand public a entendu parler de nanotechnologie pour la première fois en 1986, quand K. Eric Drexler publia son livre. À l'époque, on le prenait pour un dingue. Aujourd'hui il est considéré comme un visionnaire.

Mulder, tout en écoutant, feuilletait les coupures de presse qui se trouvaient dans l'enveloppe. Des chercheurs de l'université de Madison avaient utilisé des techniques lithographiques pour construire des objets mécaniques d'un dixième de millimètre. Un laboratoire du New Jersey avait récemment développé des semi-conducteurs en se servant d'objets composés de seulement cinq ou six atomes. Quant aux ingénieurs de chez I. B. M., à Almaden, ils avaient réussi à dessiner une carte de l'hémisphère Ouest de la Terre sur une surface cinquante fois plus petite que le diamètre d'un cheveu humain !

La voix de Frohike continuait sur fond de bruits parasites :

— *Les nanomachines sont si petites qu'elles peuvent se mouvoir extrêmement vite. Elles peuvent aussi se reproduire, si besoin est, afin de terminer une mission plus rapidement. Un essaim de nanos pourrait faire le ménage dans un tas d'ordures ou séparer tous les atomes d'un réservoir d'eau, en mettant ceux d'or, de platine et d'argent en petits tas dans un coin, et ce en quelques minutes à peine, sans bruit, sans brûler d'énergie inutile, sans faire de dégâts...*

Dans la salle du resto, des fermiers riaient à gorge déployée. Ils jouaient à un jeu stupide pour savoir qui allait payer les consommations. Un type, portant une casquette de base-ball bleue, perdit et sortit son portefeuille sous les quolibets de ses amis.

Sur la cassette, la voix de Frohike baissa subitement, et Mulder dut ajuster le volume.

— *Mais ce n'est pas là le plus intéressant ! Des nanocréatures pourraient fort bien être introduites dans le corps humain pour y tenir un rôle similaire à celui des globules blancs : combattre les maladies, tuer les virus et les bactéries. Seule petite différence avec les leucocytes : les nanotoubibs peuvent analyser et réparer l'A.D.N. de cellules qui deviennent cancéreuses. Je crois que c'est sur un truc de ce genre que Kennessy travaillait chez DyMar.*

La serveuse apporta enfin la part de gâteau.

Il vit à son expression qu'elle était plus intriguée par ses habitudes alimentaires que par son magnétophone et son oreillette. Un homme normal, ça mange un steak le matin ! La spécialité du jour était la côte de quatre cents grammes avec sa pomme au four. Fox ne put réprimer un frisson.

— *Tout ce que je viens de vous dire semble parfait, n'est-ce pas, agent Mulder ?* reprit Frohike. *Mais n'oublions pas que les scientifiques sont des gens comme tout le monde. Ils doivent faire un certain nombre d'erreurs avant de réussir. La nanotechnologie ne va pas déroger à la règle. La question est : Sommes-nous prêts à prendre un tel risque ? Imaginez qu'une seule nanomachine, ne contenant pas de programme de sécurité, s'échappe du labo. Laissez-lui quelques heures pour se reproduire, et vous aurez des milliards de nanomonstres sur les bras. Byers a fait le calcul : en dix heures, une de ces saletés donne soixante-huit milliards de descendants ! En moins de deux jours, ces machines pour-*

raient démonter la planète Terre, molécule par molécule !

Ces dernières paroles laissèrent Mulder perplexe.

— Née de la poussière, tu redeviendras poussière, murmura-t-il en pensant à la Terre.

— Je vous demande pardon ? fit la serveuse qui avait entendu et ne comprenait rien.

Il se contenta de lui sourire.

Les « justiciers solitaires » avaient un goût prononcé pour les scénarios catastrophe. Fox le savait et prenait cela en ligne de compte pour juger les informations que Frohike venait de lui livrer. La nanotechnologie pouvait être dangereuse, mais elle pouvait également avoir des applications plus sympathiques : fin de la pollution, guérison de toutes les maladies, mort de l'industrie basée sur des machines classiques.

Pas étonnant que certaines personnes haut placées se soient senties menacées au point de tuer Kennessy.

— *Voilà, Mulder, vous savez tout ce que je sais. Je pense que l'idée générale est claire. Euh... à propos, je n'ai pas trouvé de moyen pour que cette cassette s'autodétruise dans les dix secondes, alors... si vous pouviez vous en charger...*

Fox Mulder réfléchit tout en observant le cuistot préparer des œufs brouillés. Le jeune garçon jonglait avec les œufs et les poêles comme un véritable acrobate...

Les documents de son informateur étaient parfaitement explicites.

Cela lui rappelait l'histoire de cet homme qui avait inventé un système de panneaux solaires qui aurait causé la faillite de toutes les compagnies de gaz et d'électricité de la planète. Le bonhomme avait mystérieusement disparu avant de pouvoir publier les plans de son invention. On parlait aussi de voitures qui faisaient cent kilomètres avec un dé à coudre d'essence, d'ampoules électriques qui duraient dix ans, d'universitaires de l'Utah qui avaient réalisé de la fusion froide. Aucune de ces inventions n'avait jamais été répandue.

La nanotechnologie pouvait être utilisée dans tous les domaines sans exception, ce qui la rendait d'autant plus dangereuse. Fox devait absolument continuer l'enquête et comprendre où en était Kennessy dans ses recherches au moment de la catastrophe de DyMar...

Comme l'ami Frohike l'avait demandé, il détruisit la microcassette. Sa technique était archaïque mais efficace : il la plongea dans sa tasse de café.

Puis il paya, laissa un pourboire et partit.

Scully et lui avaient du pain sur la planche. L'affaire du laboratoire incendié ne faisait que commencer !

21

Hôpital de la Pitié
Morgue
Vendredi, 5 h 09

Edmund était stupéfait de la rapidité avec laquelle les officiels étaient arrivés. Cela était d'autant plus étonnant qu'ils venaient carrément d'Atlanta, en Géorgie. Il fut tellement impressionné par les titres de ces gros bonnets qu'il n'osa pas leur demander de lui montrer une preuve de leur identité.

« Enfin, se dit-il, quelqu'un de sérieux croit à mon histoire ! »

Il avait scellé le tiroir 4E : pas question de prendre des risques depuis ce qui s'était passé la nuit dernière. La température du réfrigérateur était toujours au minimum, et il refusait de la monter, sauf évidemment s'il recevait un ordre en ce sens de son supérieur, le Dr Quinton.

Mais ce dernier était occupé, il analysait le

mucus trouvé dans le cadavre et n'avait, jusqu'à présent, pas répondu aux messages qui s'accumulaient sur son répondeur.

Une heure avant le lever du soleil, les trois officiels en costume sombre étaient arrivés, marchant d'un même pas. Edmund se dit en voyant leurs têtes qu'ils ne devaient pas sourire souvent.

On aurait dit des jumeaux, ou plutôt des clones.

— Bonjour, fit le premier, nous venons de la part du centre d'épidémiologie.

— Le C.D.C. ? bafouilla Edmund. Vous venez donc pour le...

Le premier homme coupa :

— Il est impératif que nous confisquions immédiatement les tissus organiques que vous avez dans votre chambre froide. Nous avons appris qu'un léger incident avait eu lieu. Cela pourrait devenir une grave menace pour la sécurité nationale et la santé publique.

— Vraiment ? s'écria le gardien. Je dois reconnaître que le truc que j'ai vu là-dedans avait l'air méchant ! J'ai regardé dans tous mes bouquins de médecine et de biologie, et je n'ai rien trouvé qui ressemble à cela. Vous savez ce que c'est, vous ?

Le troisième dit d'un ton monocorde :

— Nous devons le détruire, effacer toutes les traces.

Edmund était intrigué.

— Vous savez donc ce que c'est ?

Il se sentait infiniment soulagé de savoir que

quelqu'un d'autre était désormais responsable de la « chose ».

— Il faut que nous confisquions l'ensemble des copies de tous les dossiers qui portent une quelconque mention du nom de la victime, ou du résultat de l'autopsie, annonça le deuxième. Nous devons prendre également les échantillons que vous avez prélevés. Il va falloir stériliser soigneusement chaque centimètre carré des réfrigérateurs de cette morgue. Nous ne devons prendre aucun risque.

Edmund changea de figure.

— Risque ? répéta-t-il. Vous voulez dire que... je suis peut-être contaminé ?

— Cela est peu probable, monsieur. Si vous aviez été contaminé, vous auriez d'ores et déjà manifesté les symptômes et nous ne serions pas en train d'avoir cette conversation.

Il se sentait mal.

Le numéro un du trio renchérit :

— Vous n'avez aucune raison de vous inquiéter, mais nous devons agir. Les conséquences seraient catastrophiques si nous ne prenions pas les mesures adéquates.

— Vous pouvez nous laisser, assura numéro trois. À partir de maintenant, nous nous occupons de tout.

Edmund était perdu.

— Mais il me faut l'accord de mon supérieur ! Le Dr Quinton est le légiste et...

— Nous nous occupons du légiste, interrompit le deuxième. Nous avons toute autorité dans un cas comme celui-ci.

Le malheureux Ed se dandinait d'un pied sur l'autre.

— Bon, si vous travaillez pour le C.D.C., j'imagine que... Enfin bon, c'est quand même bizarre, cette histoire...

Numéro un avança d'un pas.

— Monsieur, beaucoup de choses sont « bizarres » dans cette affaire, comme vous avez pu le constater par vous-même. Nous avons une équipe spécialisée qui va enlever le... les éléments biologiques qui se trouvent dans ce réfrigérateur. Nous ferons le maximum pour ne pas vous déranger pendant que nous travaillons.

Edmund haussa les épaules et les accompagna jusqu'aux registres. Il leur montra tout ce qui avait été écrit au sujet du client du 4E. Les trois hommes du C.D.C. avaient l'air de vouloir rester seuls avec les livres.

Ed décida de ne pas jouer les gêneurs et alla prendre un café à la cafétéria située dans les étages.

Il avait beau faire, chaque fois qu'il fermait les yeux, il revoyait le monstre mi-homme mi-tentacules qui essayait de sortir du tiroir pour l'attraper...

Lorsqu'il redescendit à la morgue une heure plus tard, il put constater que tout avait été stérilisé. Quant au tiroir du 4E, il avait carrément été démonté.

Les registres avaient disparu.

Il réalisa soudain qu'il n'avait pas les noms des hommes du C.D.C. Comment allait-il faire pour réclamer qu'on rende les bouquins ?

— Zut alors !

La veille, Edmund avait eu la peur de sa vie et s'était retrouvé confronté à un être sorti tout droit d'un cauchemar.

Cela n'était rien par rapport à la trouille qu'il ressentait en ce moment : Quinton allait lui passer un de ces savons !

22

Devil's Churn
Côte de l'Oregon
Vendredi, 10 h 13

L'océan se ruait sur les falaises noires avec une violence inouïe. Le fracas qui en résultait résonnait dans le vent.

Mulder et Scully admiraient le spectacle. L'eau s'engouffrait par des ouvertures creusées dans le rocher, et rejaillissait en un geyser si haut qu'il trempait les touristes perchés en haut de la paroi.

Le « chaudron du diable », aussi connu sous le surnom de « crachat du diable »... D'après le grand panneau sur lequel était racontée l'histoire de ce lieu et décrit le phénomène qui créait le geyser marin, plusieurs personnes avaient été tuées ici, au fil des ans, fracassées sur les rochers, entraînées dans le gouffre par l'appel d'air ou simplement noyées par la masse d'eau projetée.

Pourtant, il y avait foule pour contempler le

spectacle : marchands de hot dogs, caravanes, enfants criards, parents armés d'appareils-photo...

Tandis que Fox admirait le paysage, sa compagne sortit son téléphone portable, et eut la bonne surprise de s'apercevoir qu'ils étaient de nouveau dans une zone de réception.

Elle avait mal à la tête et grelottait, mais son devoir primait le reste, et elle composa le numéro du légiste de Portland après avoir reboutonné sa veste jusqu'au col.

— Ah ! agent Scully, enfin ! s'écria le Dr Quinton à l'autre bout du fil. J'ai essayé de vous joindre toute la matinée. Il s'est passé des tas de choses ici, à l'hôpital.

— Vous avez les résultats de l'analyse ?

Après avoir vu l'échantillon de sang du chien chez le vétérinaire, Dana avait laissé un message au toubib, lui demandant qu'il examine immédiatement le mucus qu'elle avait prélevé sur le cadavre de Vernon Ruckman.

Mulder piqua soudain un sprint loin du garde-fou. Un geyser d'eau s'éleva au-dessus de la mer, pour la plus grande joie des touristes qui poussèrent des cris et prirent des photos. Scully fit celle qui ne remarquait pas ces pitreries, bien peu dignes d'un agent spécial.

Le légiste reprit :

— Allô ? Oui, comme je le disais, les choses deviennent de plus en plus étranges, ici.

Elle fit signe à Fox de venir coller son oreille au téléphone.

— Je vous écoute, docteur.

— Il est arrivé quelque chose au cadavre du compartiment 4E. Hier, au milieu de la nuit, mon assistant a entendu des bruits qui provenaient du tiroir, lequel avait été scellé après l'examen que vous avez pratiqué sur son occupant.

— Des bruits ? C'est impossible ! Même si le sujet n'avait pas été réellement mort, l'autopsie l'aurait tué !

— Je sais. Edmund dit que ce n'était pas le garde qui se cachait dans le tiroir 4E, mais un monstre avec des tentacules. Il a réussi à refermer le réfrigérateur et a fait descendre la température afin que le froid assomme la bête. Une réaction plutôt intelligente de sa part.

— Docteur, êtes-vous certain qu'il ne s'agit pas d'une blague de mauvais goût ?

— Certain. Je connais bien mon assistant. Il est gentil, un peu lent, mais il ne ment jamais et serait incapable d'inventer une histoire aussi complexe. Il n'a pas assez d'imagination.

— Excusez-moi, mais je reste sceptique.

— Je m'en doute ! J'étais comme vous, mais avant que j'aie eu le temps de faire ma petite enquête, des messieurs du Centre national d'épidémiologie sont venus. Ils ont emporté le tiroir 4E entier, les registres, et ont stérilisé toute la morgue !

Scully comprit tout de suite qu'il y avait anguille sous roche. Elle avait souvent travaillé avec les gens du C.D.C. C'étaient de grands professionnels, des scientifiques dignes de ce nom. Ils n'auraient jamais agi d'une telle façon... Ce style ressemblait plutôt à celui de certaines forces qui œuvraient dans l'ombre...

— Docteur Quinton, j'ai été en contact avec le

centre. Je leur ai envoyé un échantillon du mucus, et je...

Il l'interrompit :

— Je les ai appelés, et ils m'ont répondu avoir égaré ledit échantillon. Ces gens réagissent précipitamment, vous ne trouvez pas ? Si Edmund a simplement rêvé, ou si l'histoire du monstre n'était qu'une vaste blague, pourquoi tout faire disparaître ?

Fox s'écarta un instant pour se passer la main dans les cheveux. Il était trempé.

— Et l'analyse du prélèvement que je vous ai donné, où en êtes-vous ?

La liaison téléphonique n'était pas bonne.

— Le sang est infesté de petits organismes argentés, répondit le médecin. Je les ai étudiés de près. Ils sont de forme géométrique et ne ressemblent à aucun organisme vivant que je connaisse. Je pense qu'il peut s'agir de machines.

Dana sentit son cœur accélérer. Il allait falloir qu'elle répète cela à Mulder... lequel n'allait pas manquer de crier victoire ! Très contrariant.

— Agent Scully, vous êtes vous-même médecin, continua Quinton. Avez-vous jamais rencontré de telles créatures ?

Elle s'éclaircit la gorge.

— Il faut que je compare mes notes avec celles de mon coéquipier avant de pouvoir vous donner une réponse. Je vous rappelle. Merci de votre coopération, docteur.

Son compagnon s'approcha. Elle lui résuma ce que Quinton venait de lui apprendre.

Et, comme prévu, l'agent spécial Fox Mulder

prit un air satisfait particulièrement insupportable.

— Je te l'avais dit, Scully, le mot clé de cette histoire est « nanotechnologie » ! Souviens-toi du chien de Kennessy. Je ne sais pas comment, mais les nanomachines ont réussi à s'échapper du laboratoire. Tu ne peux plus nier qu'il y ait une connexion entre le cas du chien et celui du garde !

Dana mit les poings sur ses hanches. Le vent marin faisait voler ses superbes cheveux roux.

— Est-ce que tu es en train de penser que le chien a attaqué le garde dans les locaux de DyMar et l'a ainsi contaminé ?

Derrière eux, l'océan cracha de nouveau un jet de vapeur et d'eau. Les enfants battaient des mains.

— Non, Scully. Ce que je pense, c'est que le chien de Kennessy n'est pas le seul être à avoir été contaminé par les nanomachines !

23

Côte maritime
Comté de Tillamook, Oregon
Vendredi, 10 h 47

Il tombait des cordes, mais Jeremy Dorman ne sentait rien. Il se passait trop de choses à l'intérieur de son corps pour qu'il s'intéresse à ce genre de détail.

Ses vêtements et ses chaussures étaient trempés. Sa peau était grise. Mais une autre tempête faisait rage dans ses cellules. Le fluide contenant les nanobestioles se faufilait partout sous sa peau. Les machines se reproduisaient en lui, formant des bosses.

Il marchait comme un automate. Ses jambes fonctionnaient toutes seules. Son cerveau n'était qu'un passager indifférent à bord de son pauvre corps.

Une voiture passa à côté de lui, projetant une grande gerbe d'eau.

Il ne remarqua rien.

Il continuait d'avancer malgré la boue et le froid. Il n'avait aucune idée du chemin qu'il lui restait à parcourir. Ses yeux demeuraient rivés sur l'horizon et les collines.

Comment aller plus vite ?

Dorman arriva devant un dépôt de bus fermé. En collant son front contre la vitre de la porte, il vit qu'il y avait de la poussière et des toiles d'araignée partout.

S'asseoir au sec, loin de la pluie... La tentation était grande, mais il ne pouvait se permettre de perdre une seule seconde.

Jeremy reprit sa route en essayant de ne plus regarder fixement les collines. Sa vision devenait floue. Ces satanées nanomachines bidouillaient de nouveau ses nerfs optiques ! Cela faisait des jours qu'il ne distinguait plus les couleurs. Que voulaient les micromécaniques ? Améliorer sa vue, la transformer, ou simplement jouer avec ?

Il avait mal, et cette douleur lui était presque agréable, puisqu'elle était le fruit de la réalité et non pas des bricolages des nanobestioles en folie.

Un camion approchait. Jeremy pouvait voir la lumière des phares se refléter sur la route.

Le véhicule le dépassa, ses pneus rugissant sur les flaques d'eau.

Puis, à la grande surprise de Dorman, le quinze tonnes s'arrêta et la portière s'ouvrit.

Il n'arrivait pas à y croire !

Le malheureux se hissa dans la cabine, se laissa tomber sur le siège passager et enfonça immédiatement ses mains dans les poches trempées de son pardessus.

— Oh là, vous avez l'air mal en point ! s'écria le

routier, un jeune type aux cheveux aussi longs que sales.

— Je *suis* mal en point, répondit Jeremy, surpris que sa voix fonctionne encore.

— Alors, soyez mal en point au chaud, ici!... Bon, vous avez une destination précise, ou vous traînez simplement au hasard?

— Je vais à un endroit précis. Mais j'ai du mal à arriver là-bas. C'est difficile.

— Je vous emmène aussi loin que je peux sans dévier de ma route. Mon nom c'est Wayne, Wayne Hykaway.

Dorman le regarda d'un air soupçonneux. Quelle importance, de toute façon...

— Et moi, c'est Jeremy, Jeremy Dorman.

Hykaway lui tendit la main, puis la reposa sur le volant lorsqu'il vit que son passager n'avait pas l'intention de la serrer.

Le temps de régler la radio sur une station qui diffusait de la musique, et le camion redémarrait sous la pluie.

Jeremy n'arrivait pas à croire à sa chance. Il allait gagner un temps infini. Le pauvre camionneur, lui, ne se doutait pas du danger qu'il courait à rester simplement assis à côté de son autostoppeur. Mais peu importait. Dorman devait retrouver Jody et Patricia Kennessy.

Il sentait les nanomachines bouger. Elles étaient au travail, et il pouvait percevoir les mouvements du liquide visqueux qui progressait sous sa peau.

Concentré sur ce qui se passait à l'intérieur de son organisme, il se tenait totalement immobile.

Au bout de quinze minutes de ce mutisme, le

chauffeur commença à trouver que son passager n'était pas normal. Ce devait être un psychopathe en vadrouille !

Dorman évitait son regard en restant tourné vers la portière. Soudain, il porta la main à sa poitrine et fit une grimace horrible. Il avait l'impression que quelque chose essayait de sortir de sa cage thoracique.

— Hé, vieux, ça va ? s'inquiéta Hykaway.

Jeremy eut du mal à ouvrir la bouche, et fit simplement :

— Oui.

Gêné, le chauffeur serra le volant des deux mains et fixa la route qui se déroulait devant lui comme un long serpent.

Jeremy respirait avec difficulté. Du mucus coulait de son corps, formant une petite mare autour de son siège.

Il avait de plus en plus de mal à garder le contrôle. Combien de temps lui restait-il avant qu'il ne craque ?

24

Magasin général « Max »
Colvain, Oregon
Vendredi, 12 h 01

Scully en avait plus qu'assez de conduire. L'idée de descendre de voiture pour interroger les gens au sujet de Jody et de Patricia Kennessy l'emplissait de joie... enfin, façon de parler.

Son partenaire grignotait des biscuits à apéritif au fromage tout en consultant la carte de la région.

— J'ai beau chercher, dit-il la bouche pleine, je ne trouve aucun patelin appelé « Colvain ». Nous sommes dans une ville qui n'existe pas.

Dana arrêta la voiture devant une vieille maison à un étage. Sur la devanture étaient peints les mots : MAGASIN GÉNÉRAL « MAX ».

Ils entrèrent dans la boutique. Le plancher craquait. Une clochette tinta lorsqu'ils ouvrirent la porte.

— Une cloche, comme dans les films ! remarqua Fox.

Tout, dans le magasin, datait des années cinquante : réfrigérateur émaillé avec poignée au chrome rutilant, bocaux, juke-box...

Ce bazar vendait de tout, du tee-shirt à l'imper en passant par le set de table et les porte-clés.

Scully repéra au mur un certain nombre d'aquarelles qui rappelaient les calendriers des postes.

— Je me demande pourquoi, dans toutes les petites villes des États-Unis, il y a toujours une galerie qui expose les œuvres des artistes locaux, commenta-t-elle. Certains pourraient s'abstenir.

Une vieille femme était assise derrière le comptoir encombré de présentoirs en carton pleins de bonbons. Elle était maquillée outrageusement et lisait une feuille de chou dont la première page annonçait :

BIGFOOT RETROUVÉ DANS LE NEW JERSEY ! DES EMBRYONS EXTRATERRESTRES CONGELÉS DANS LES LOCAUX DU GOUVERNEMENT FÉDÉRAL ! CULTE CANNIBALE EN ALASKA !

Mulder regarda ces gros titres avec tendresse.

La dame leva enfin les yeux.

— Je peux vous aider ? Les boissons fraîches et les cartes de la région sont au fond du magasin.

Fox sortit son insigne.

— Nous sommes des agents fédéraux, et nous recherchons deux personnes disparues.

La vieille chaussa ses lunettes pour examiner la photo des Kennessy. Scully avait mal au cœur chaque fois qu'elle voyait ce cliché. Le petit Jody avait l'air si faible.

— Y a pas mal de passage dans la région, vous savez...

Dana allait faire signe à Mulder qu'il était inutile d'insister quand la vendeuse ajouta :

— Mais je me souviens d'avoir vu cette femme, là. Oh, y a bien deux semaines de ça.

Fox se pencha vers elle.

— Vous êtes sûre ?

Scully la pressa.

— Nous devons retrouver le petit garçon qui accompagne cette femme. Comme vous le voyez, il est très malade, il est atteint d'une leucémie. Dites-nous tout ce que vous savez.

La vieille dame hocha la tête.

— Je dois me tromper de personne, alors. Le gosse qui accompagnait la femme dont je vous parle, il avait l'air en pleine forme.

— C'est très important, racontez-nous tout ! insista Dana.

— Tout se sait, dans la région. Il paraît qu'une mère célibataire a emménagé dans un chalet, dans les collines. Elle vient faire ses courses en ville une fois par semaine... Prenez Locust Spring Drive, puis quittez la route pour la forêt. Vous ne pourrez pas vous tromper : c'est la troisième à droite, le chemin de terre.

Scully sentit l'espoir renaître. Elle souffrait et était fatiguée, mais l'idée de sauver, ou du moins d'aider le petit Jody, lui redonnait courage.

La clochette de la porte tinta. Un gros homme en uniforme de shérif entra. Il se dirigea droit vers la fontaine à soda et se servit une orangeade sans rien demander à personne.

La vieille ouvrit la caisse.

— La même chose que d'habitude, Jared? lança-t-elle.

— Bien entendu, Maxie.

Il remarqua alors les deux étrangers, et surtout le badge du F.B.I. posé sur le comptoir.

— Je peux faire quelque chose pour vous, monsieur-dame?

Scully lui expliqua la situation et lui montra la photo. Peut-être pouvait-il les accompagner jusqu'au chalet?

Au moment où le flic allait répondre, son talkie-walkie crépita.

— Penwick. J'écoute.

— Jared, nous avons une urgence. Dominic Doyle vient de trouver le cadavre d'un routier sur la route qui passe devant chez lui, trois kilomètres avant le début de sa propriété.

— Donnez-moi des détails. Est-ce qu'il s'agit d'un accident?

— Le camion chargé de bois était garé de travers. Le corps du chauffeur est couvert de pustules et de tumeurs, comme s'il était mort de la peste. Il est recouvert d'un liquide poisseux.

Les deux agents fédéraux bondirent.

— Nous enquêtons sur cette affaire!

— Quoi?

Scully expliqua rapidement ce qui s'était passé dans le centre de DyMar, et conclut :

— Nous pensons qu'il peut s'agir d'une épidémie, une forme de cancer foudroyant et contagieux. Toutes les précautions possibles doivent être prises, personne ne doit toucher le corps.

Mulder eut l'air surpris.

— Tu dis cela comme si tu n'avais pas l'intention d'y aller toi-même ?

Dana baissa la tête.

— Non, je veux aller au chalet. Si le petit Jody a besoin de soins urgents...

Le flic se dirigeait déjà vers la porte.

— Mets le soda sur mon compte, Maxie !

— Comme d'habitude, Jared.

Mulder le suivit.

— O.K., Scully, vas-y. Nous sommes sur une piste, et la bonne ! Je t'appellerai sur ton portable.

Elle regarda la voiture de police démarrer dans un nuage de poussière, gyrophare allumé. Puis, elle examina son téléphone cellulaire et s'aperçut avec agacement qu'il ne captait pas de signal. Ils se trouvaient dans une zone d'ombre, une fois de plus.

25

Chalet de Jeremy Dorman
Oregon
Vendredi, 12 h 58

Darth Vador était de garde sur la pelouse devant le chalet. Il aboya.

Patricia se précipita à la fenêtre et écarta les rideaux. Elle connaissait bien son chien. Cela faisait huit ans qu'elle vivait avec lui.

Il venait de japper d'une façon caractéristique, pour donner l'alerte, et non parce qu'un écureuil passait dans la forêt devant lui.

Pat commençait à trouver étouffante l'armée d'arbres qui encerclait la maison. Cette vue la rendait claustrophobe.

Il avait plu, l'air était humide.

Subitement, elle eut l'impression que la clairière ne lui donnait pas « de l'espace », comme elle l'avait imaginé lorsqu'elle avait dessiné la maison, mais au contraire la mettait à découvert.

Le chien montrait les dents en direction du chemin qui menait à la route.

— Qu'est-ce qui se passe, maman ?

Elle regarda son fils et vit à son expression qu'il était aussi terrorisé qu'elle.

— Quelqu'un approche.

Prenant son courage à deux mains, elle éteignit les lumières, ferma les rideaux et sortit sur le porche. Vador lui jeta un coup d'œil puis se concentra de nouveau sur la route.

L'enfant essaya de la pousser.

— Maman, je veux voir ce qui se passe !

Elle l'obligea à rester à l'abri.

Patricia sentait l'instinct maternel décupler ses forces. Elle n'allait pas abandonner maintenant !

Une silhouette apparut au bord de la clairière, dans l'ombre des grands arbres.

La jeune femme n'avait plus le temps d'attraper Jody et de fuir.

Qui avait pu les repérer ? Et comment ?

Elle se rappela soudain la première fois qu'elle était allée faire les courses en ville. La dame qui tenait le magasin, Maxie, était en train de lui préparer sa note lorsqu'elle avait vu le présentoir à journaux. Deux quotidiens affichaient en première page les photos des ruines fumantes des laboratoires DyMar.

Pat avait reculé, horrifiée.

Est-ce que la vieille femme avait remarqué son mouvement ? Avait-elle fait le rapprochement ? C'était presque impossible. Et pourtant, maintenant qu'elle y repensait, Patricia se disait que Maxie l'avait dévisagée un peu trop longuement à son goût.

Le petit Jody appela :

— Qui c'est, maman ? Tu vois qui c'est, dis ?

— Écoute-moi bien, mon amour. Va près de la porte arrière. Si je te donne le signal, tu te sauves en courant le plus vite possible et tu vas dans la forêt. Au besoin, cache-toi dans un arbre.

— Maman, je ne peux pas te laisser toute seule !

— Je vais essayer de les retarder pour que tu prennes de l'avance, cela ne veut pas dire qu'ils vont me faire du mal.

Elle regarda son enfant dans les yeux avant d'ajouter :

— Et puis, tu sais, s'ils me tuent, cela signifie qu'ils ont l'intention de te tuer aussi.

Il se força à sourire.

— Tu as de la chance que je sois un gentil garçon qui obéit toujours à sa maman !

Elle lui rendit son sourire.

— Oui, j'ai beaucoup de chance... Allez, mon cœur, va te cacher.

Patricia croisa les bras, prit un air aussi décidé que possible, et se carra sur le pas de la porte pour faire face à l'inconnu qui approchait.

L'homme était maintenant parfaitement visible : épaules larges, vêtements en loques... Il titubait comme un ivrogne.

Vador grogna.

Pat vit que l'étranger regardait dans sa direction. Elle observa son visage. Il avait changé, mais elle le reconnut.

— Jeremy, souffla-t-elle. Jeremy Dorman !

— Patricia ! appela-t-il d'une voix enrouée.

Il accéléra le pas et s'approcha du chalet.

Elle avait lu dans un journal acheté en ville que l'ex-collègue de son mari était mort dans l'incendie. Et voilà qu'il réapparaissait ! Dieu seul savait comment, mais il s'en était tiré ! Et David ? Peut-être était-il également vivant ?

Pat n'eut pas le temps de réfléchir à cette question. Le chien continuait de montrer les dents.

— Patricia... aidez-moi !

Jeremy trébucha sur le sentier.

— Patricia... je n'ai pas le temps de vous expliquer. Il faut...

Ses cordes vocales le trahirent et il ne put continuer. Il avait l'air malade. Sa peau était recouverte d'une étrange pellicule graisseuse.

— Qu'est-ce qui vous est arrivé, Jeremy ? Vous semblez si mal en point !

Vador n'avait pas l'air de se calmer. Pat posa une main sur son museau pour lui faire comprendre que tout allait bien.

Dorman regarda à l'intérieur du chalet par la fenêtre.

— Où est Jody ? Hé, Jody, c'est moi, oncle Jeremy !

Le garçon avait toujours adoré Dorman. C'était le seul adulte qui s'intéressait comme lui aux jeux vidéo. Ils jouaient ensemble à *Mortal Combat Trilogy, Wave Race* ou *Shadows of the Empire.*

Patricia se tourna vers son fils.

— Jody, ne bouge pas ! Jeremy, je veux des explications...

Le labrador soulevait les babines, révélant des crocs puissants. Il se remit à gronder.

— Il faut que je voie le petit, implora Jeremy. J'ai *besoin* de lui !

— Comment avez-vous fait pour survivre à l'incendie qui a ravagé DyMar ? Tout le monde vous croit mort.

— J'aurais dû y laisser ma peau, rétorqua le malheureux d'un ton sinistre.

— Vous auriez dû ? De quoi voulez-vous parler ?

Dorman la regarda droit dans les yeux.

— J'ai été trahi, tout comme David l'a été.

Pat commençait à comprendre.

— C'est bien ce que je pensais : les manifestants n'étaient qu'une diversion. C'est un commando qui a attaqué le centre, n'est-ce pas ?

Il fit signe qu'elle avait vu juste.

— Rien ne devait subsister... aucune trace de nos découvertes en nanotechnologie... Je peux vous aider, Pat. Ils sont à votre recherche, désormais. La seule chose dont j'ai besoin, c'est d'un peu du sang de votre fils.

Patricia accusa le choc.

— Quoi ?

Dorman tendit la main d'un air suppliant.

— Son sang ? répéta-t-elle. Que diable voulez-vous faire avec son sang ?

— Je n'ai pas le temps de vous expliquer.

— Pas question que je vous laisse approcher mon enfant. Qu'est-il arrivé à David ? Pourquoi ne l'avez-vous pas aidé ?

— Je ne savais pas qu'ils avaient l'intention de le tuer ! Le coup de la manif a été monté simplement afin de brûler DyMar. Ils m'avaient assuré qu'ils voulaient contrôler les recherches, tout transférer dans un labo plus discret.

Son visage se tordit sous l'effet de la colère.

— Ils disaient que je serais le directeur dans le nouveau centre de recherches. Mais ils ont essayé de m'assassiner, moi aussi !

La jeune femme n'arrivait pas à croire ce qu'elle entendait.

— Vous saviez qu'ils allaient attaquer les laboratoires. Vous faisiez partie du complot !

— Je ne croyais pas que les choses se passeraient comme cela. Tout devait se dérouler en douceur. Ils m'ont menti !

— Vous les avez laissés tuer David, salopard !

— Patricia, il faut que je voie Jody. Sinon je vais mourir !

Elle lui bloqua le chemin.

— Ne me faites pas ça, Pat, je vous en conjure. Vous ne comprenez pas...

— Non, je ne comprends pas. Que voulez-vous à mon petit garçon ? Il faut que je le protège, il a assez souffert !

Elle se tourna vers l'intérieur du chalet et cria :

— Va te cacher tout de suite comme nous l'avons dit ! Va dans la forêt, vite !

Jeremy s'approcha. Quelque chose bougea sous sa chemise, au niveau de son ventre. Il se tint les côtes à deux mains en grimaçant de douleur. Ses yeux devenaient vitreux.

— Je ne peux pas attendre plus longtemps, il me faut un peu du sang de l'enfant !

Une porte claqua dans la maison. Pat comprit que son fils venait de lui obéir sans se poser de question. Il était maintenant à l'abri.

Vador bondit et disparut de l'autre côté du chalet. Il suivait son petit maître.

Dorman hurla :

— Jody, reviens ! Viens voir tonton Jeremy !

Patricia était folle de rage. Elle n'avait aucune idée de ce qui était en train d'arriver à l'homme qui souffrait devant elle. Tout ce qu'elle savait, c'était qu'il avait trahi David.

Elle se mit en travers de son chemin pour l'empêcher de suivre le chien et l'enfant.

— Laissez-le tranquille !

Lorsqu'il se retourna, il avait un revolver à la main. Le revolver de Vernon Ruckman.

D'une main peu sûre, il visa Patricia.

— Pat, vous n'avez aucune idée des conséquences, aucune idée de ce que vous faites...

Il tremblait trop pour pouvoir tirer. Ses muscles se contractaient sans cesse. Patricia avait du mal à croire qu'il pourrait la tuer de sang-froid.

Elle plongea sur lui. Dorman était peut-être plus lourd qu'elle, mais elle allait lui donner du fil à retordre, se débattre, crier, griffer, faire tout ce qu'elle pouvait pour laisser un peu de temps à Jody.

Il vit ce qu'elle allait faire et hurla :

— Non ! Ne me touchez pas !

Mais il était trop tard. Patricia Kennessy lui tomba dessus de tout son poids. Il lâcha son arme et roula au sol.

— Cours, Jody, cours ! cria-t-elle.

L'homme à terre se tordait, essayant de la repousser.

— Non, Patricia, ne me touchez pas ! Je vous en supplie, ne me touchez surtout pas !

Elle lui planta ses ongles dans les mains et essaya de l'immobiliser.

Mais la peau de Jeremy était couverte d'un mucus étrange.

La jeune femme sentit immédiatement que quelque chose n'allait pas. Des petits chocs électriques lui traversaient la peau, comme autant de bulles d'acide s'attaquant à sa chair.

Elle fut secouée de convulsions.

Pendant ce temps, Jody et le fidèle Vador continuaient de fuir à travers la forêt.

26

Chalet de Jeremy Dorman
Oregon
Vendredi, 13 h 26

Les branches des arbres lui griffaient le visage, mais il ne ralentit pas sa course pour autant.

L'enfant avait entendu les derniers mots qu'avait prononcés sa mère : *Cours, Jody, cours !*

Le petit garçon n'avait pas eu besoin qu'elle le lui répète.

Elle lui avait raconté ce qui s'était passé à DyMar. Il savait qu'il y avait eu un complot. Des hommes de l'ombre avaient trahi son père, brûlé ses labos et détruit son travail.

Pendant le voyage en voiture qui les avait conduits de Portland à ce chalet, Patricia n'avait cessé de répéter qu'il fallait désormais se méfier de tout le monde, ne faire confiance à personne. Personne... cela incluait apparemment son

« oncle » Jeremy, l'homme qui était un peu son deuxième papa, qui jouait avec lui.

Il ne s'était donc posé aucune question quand sa maman lui avait dit de fuir, et avait filé droit devant lui. Sa seule consolation était de sentir son chien derrière lui.

Le garçon tourna à gauche, sauta par-dessus une grosse racine. Des orties s'agrippaient à ses jambes, mais il n'y faisait pas attention. Il courait, courait.

Il y avait quelques jours de cela, il avait exploré cette partie des bois avec sa mère. Celle-ci voulait reconnaître le terrain, au cas où ils auraient à fuir à pied. Il connaissait donc à fond le secteur, et il savait, hélas, qu'il n'y avait aucune cachette sûre dans le coin.

Il fallait qu'il fasse exactement ce que lui avait ordonné sa mère : courir, courir sans jamais s'arrêter.

Dans le lointain, Dorman criait :

— Jody, reviens ! Je veux juste te parler !

Mais le petit garçon n'écoutait pas.

Il avait un peu mal aux articulations — rien à voir avec la douleur qui lui gâchait chaque minute de sa vie à l'époque où il avait sa leucémie.

— Tu es le seul à pouvoir m'aider !

La voix de Jeremy s'était rapprochée. Comment avait-il fait pour aller si vite ? Il ne devait plus être très loin.

Le garçon traversa un ruisseau, sans se soucier de tremper ses chaussures. À côté de lui, Vador galopait.

— Jody, j'ai besoin que tu m'aides, je t'en prie !

Le gamin commençait à s'essouffler, la sueur lui coulait dans le dos. Il reprit pied sur la berge, sauta par-dessus un tronc d'arbre couché. Il avait un point de côté, mais il obéirait à sa maman et ne ferait confiance à personne, pas même à son oncle.

Il se retourna un instant et vit Dorman de l'autre côté du ruisseau. Celui-ci leva le bras. L'enfant eut le temps de reconnaître un revolver. Il entendit une détonation, vit de la fumée s'échapper du canon.

Oncle Jeremy lui tirait dessus !

— Reviens ici, bon Dieu ! Jody !

L'enfant regarda, atterré, le tronc d'arbre où la balle s'était fichée.

Il entendit alors Vador qui aboyait dans le sous-bois, l'invitant à le suivre. Entre faire confiance à celui qui le traquait et suivre le brave Vador, le choix était facile !

Il reprit sa course. Son cœur lui défonçait la poitrine. Il avait mal partout.

Derrière lui, Dorman entreprenait de traverser le ruisseau.

— Petit, je t'en supplie !

Mais le garçon ne s'occupait plus que de suivre son fidèle ami Vador. Il était son seul allié.

27

Rase campagne,
Quelque part dans l'Oregon
Vendredi, 13 h 03

Le camion chargé de troncs d'arbres était garé sur le bas-côté.

Un pick-up rouge stationnait non loin de là. Son conducteur était descendu et attendait sous la pluie battante, un ciré jaune sur les épaules, capuchon rabattu.

Jared Penwick freina. Fox le laissa appeler son central pour signaler qu'il était sur les lieux de l'incident, et se précipita pour examiner le véhicule.

— Vous n'avez touché à rien ?

Le type debout près du pick-up fit une grimace dégoûtée.

— Vous rigolez ? Le mec dans la cabine est dans un état atroce ! Pas question que je le tripote !

Le shérif les rejoignit et fit les présentations.

— Dominic, voici l'agent Mulder, du F.B.I., annonça-t-il d'un ton qui trahissait sa fierté d'être si bien accompagné.

L'homme raconta :

— Je passais sur la route quand j'ai vu ce poids lourd. Je me suis d'abord dit que le chauffeur s'était arrêté là pour piquer un somme. Mais il n'avait pas mis le triangle de signalisation derrière lui, et il était garé d'une façon dangereuse. Je suis descendu de ma bagnole pour aller l'engueuler.

Il s'arrêta un instant de parler, encore sous le choc. La pluie dégoulinait sur sa capuche.

— J'ai regardé dans la cabine... Mon Dieu, je n'avais jamais vu une chose pareille !

Fox laissa les deux hommes discuter et alla voir par lui-même. Il s'agrippa au rétro avant, monta sur le marchepied.

Dans l'habitacle, le conducteur gisait dans une position qui n'avait rien de naturel, les bras écartés, les jambes de travers sous le volant.

Le pauvre homme avait le visage tordu et couvert de pustules, la bouche ouverte. Ses yeux étaient voilés d'un liquide laiteux, sa peau parcourue de veines parfaitement visibles. Il était constellé de taches et de tumeurs, ce qui le faisait ressembler à un léopard pour film d'horreur.

Il y avait de la buée sur la vitre et le pare-brise. Impossible de mieux distinguer les détails.

Il retourna parler avec Jared.

— Faites faire une recherche sur la plaque minéralogique de ce camion, ordonna-t-il. Je veux savoir qui était ce type, d'où il venait et où il allait.

Fox se sentait mal à l'aise : un autre cas de la maladie, ici, près de l'endroit où les Kennessy se cachaient... près de l'endroit où Scully était partie enquêter toute seule !

Le shérif alla jeter un coup d'œil au cadavre et revint en se tenant le front.

— C'est immonde ! Qu'est-ce... qu'est-ce qui a pu arriver à cet homme ?

Mulder n'avait pas le temps de le réconforter.

— Faites mettre cet endroit sous quarantaine. Je prends l'affaire en main. Le médecin légiste de Portland a déjà étudié des cas similaires. Il ne faut rien toucher. Faites venir des hommes en combinaison spéciale et décontaminez tout le secteur. Le chauffeur de ce camion a, très probablement, été victime d'un agent biologique surpuissant.

Dominic fit un pas en arrière.

— Vous voulez dire, un truc comme la peste ?

— Quelque chose de ce genre, oui, j'en ai peur.

Fox alla faire le tour du poids lourd.

Les troncs d'arbres étaient toujours solidement attachés sur la plate-forme. Le véhicule avait failli percuter un sapin sur le bord de la route, mais heureusement la cabine était restée intacte.

Il se demanda ce qui avait pu se passer exactement. Le conducteur avait eu, de toute évidence, des convulsions. Une chance qu'il n'ait pas écrasé l'accélérateur au moment de sa mort !

Comment avait-il attrapé cette maladie étrange ? Avait-il touché un objet, respiré de l'air toxique ?

Fox remonta le col de son imper. Il était

trempé jusqu'aux os. Peu lui importait, vu les circonstances.

Un détail retint soudain son attention : la porte de la cabine, côté passager, était mal fermée.

Il s'approcha prudemment. Et si le camionneur avait eu un passager ? Et s'il avait pris un auto-stoppeur ? Voilà qui ouvrait de nouvelles possibilités...

Il regarda autour de lui, s'attendant presque à découvrir sur le sol un deuxième cadavre. Mais il n'y avait personne.

— Vous avez découvert quelque chose ? cria Jared.

Fox soupira.

— Non, mais je continue d'examiner les lieux. Surtout ne vous approchez pas.

Pas besoin d'insister. Les deux flics locaux reprirent leur discussion. Mulder, lui, ouvrit lentement la porte du camion.

Vu de près, sans l'intermédiaire de la glace couverte de buée, le spectacle était encore plus atroce.

La buée pouvait-elle être causée par la chaleur qui se dégageait du cadavre ?

Pas d'odeur de putréfaction, remarqua Mulder. Cela signifiait que le pauvre type n'était pas mort depuis longtemps, malgré l'étendue des lésions.

Il repéra alors des traces d'humidité sur le siège passager. C'était le même mucus que celui qu'on avait trouvé sur le cadavre du garde à DyMar.

Malgré sa réputation méritée d'excentrique,

Fox n'était pas fou : il évita d'entrer en contact avec l'étrange sécrétion.

— Et ça, qu'est-ce que c'est ? murmura-t-il.

Il y avait un morceau de papier détrempé sur le sol de la cabine. Il sortit un stylo et, le plus prudemment du monde, retourna la feuille gondolée par l'humidité.

C'était une photo. Il ne l'avait jamais vue auparavant, mais il reconnut tout de suite les deux personnes qu'elle représentait. Il avait passé ces derniers jours à montrer leur portrait à tout le monde : Jody et Patricia Kennessy.

La personne qui accompagnait le chauffeur, contaminée par la peste nanotechnologique, s'intéressait à la mère et à l'enfant disparus.

Et justement, Scully était en train de les chercher, elle aussi !

Il fallait qu'il la prévienne.

Il laissa là son crayon, n'osant le remettre dans sa poche, et tenta d'appeler la jeune femme sur son portable. Sans succès. Il rejoignit les autres.

— Que personne ne s'approche du camion, dit-il à Jared. Cet endroit est très dangereux. Est-ce que vous avez compris ?

— Absolument, monsieur.

Fox se tourna vers le dénommé Dominic.

— Je peux vous emprunter votre véhicule ?

— C'est-à-dire...

— Je dois aller prévenir ma partenaire qu'elle est en grand danger. Passez-moi les clés !

Le propriétaire le regarda monter dans son pick-up mais ne broncha pas. Jared intervint :

— Il a le droit de réquisitionner cette voiture, c'est un agent fédéral. J'ai vu son badge, pas de problème. Je vais te raccompagner chez toi, Dominic, ne t'inquiète pas.

Mulder démarra. Il eut un peu de mal à se souvenir de la façon dont fonctionnait un levier de vitesses... Il était tellement habitué aux boîtes automatiques.

Il appuya sur le champignon. Il fallait qu'il réussisse à rejoindre Scully avant qu'il ne soit trop tard.

28

Chalet de Jeremy Dorman
Oregon
Vendredi, 13 h 45

Scully se perdit deux fois en route. Elle était au milieu de nulle part, sur une route boueuse qui coupait à travers la forêt. Elle fit demi-tour, retourna à une intersection en Y. La dame du magasin, Maxie, lui avait parlé d'un petit chemin avec une boîte aux lettres. Elle ne trouva, en fait, qu'un sentier mal débroussaillé avec un poteau portant un numéro mais aucun nom.

Ce passage menait vers le haut de la colline, dans les bois. L'endroit parfait pour se cacher : totalement discret et coupé du monde. Le pauvre Jody et sa maman avaient de grandes chances de s'y trouver.

Elle roulait à une vitesse normale, sans prêter attention aux nombreuses bosses et aux trous qui parsemaient la voie. Des branches basses glissaient sur son pare-brise, au risque de le rayer.

Une fois arrivée au sommet de la colline, elle aperçut un chalet au bout du chemin, situé dans une petite clairière.

Une cachette de rêve !

Une Volvo était garée derrière la maison. Ce n'était pas le genre de voiture qu'achètent les habitants du coin, les bûcherons et les ermites, se dit-elle. Par contre, c'était exactement le véhicule que s'offrirait un jeune scientifique plein d'avenir.

Son cœur se mit à battre plus fort. Elle était seule et espérait contrôler la situation. Elle eut une pensée pour Mulder qui se trouvait en ce moment même aux côtés d'une nouvelle victime de l'horrible maladie.

Dana arrêta la voiture dans le bois. Sa position était des plus délicates : elle ignorait si Jody et sa maman étaient là de leur propre chef, ou s'ils étaient les otages de brutes sanguinaires.

Elle décida d'y aller carrément. Pas question de perdre du temps : le petit avait besoin de soins urgents.

— Hello, il y a quelqu'un ? appela-t-elle d'un ton guilleret tout en marchant vers la baraque.

S'il y avait des criminels dans le chalet, elle allait vite s'en apercevoir.

Pas un bruit, pas un mouvement.

Elle atteignit la maison. Une main sur son Sig Sauer, elle sortit son badge et s'apprêta à ouvrir la porte.

— Il y a quelqu'un ? Agent fédéral !

Le chalet ressemblait à une maison hantée.

Les rideaux étaient tirés. Rien ne bougeait. Mais la porte n'était pas fermée à clé.

Elle hésita. Tandis qu'elle réfléchissait, une forme étendue par terre, dans l'herbe, attira son regard... Une forme humaine.

Tous les sens en alerte, le doigt sur la détente, Scully s'approcha à pas feutrés.

Il s'agissait d'une femme. Elle reconnut tout de suite Patricia Kennessy, ses beaux cheveux clairs étaient restés les mêmes, mais la ressemblance avec ce qu'elle avait été s'arrêtait là. La vision était insupportable.

Elle gisait, le corps tordu, la tête tournée sur le côté, une expression de terreur sur le visage. Sa peau était couverte de petits impacts hémorragiques et de tumeurs de formes et de couleurs diverses. Ses yeux étaient fermés, mais on pouvait deviner des poches de sang sous les paupières. Les mains étaient ouvertes, les doigts prêts à griffer. Cette femme avait dû se battre contre quelque chose de terrible. Dana se mordit la lèvre. Elle s'en voulait d'arriver trop tard.

En tant que médecin, elle savait qu'il ne fallait pas toucher le corps. Pourtant, elle ressentit la tentation de tendre la main et d'effleurer Patricia Kennessy, comme pour lui dire adieu.

Mais il restait Jody. Il fallait le retrouver et prendre soin de lui. Dana en faisait une affaire personnelle.

Le vent sifflait dans les hautes branches, les aiguilles des pins crissaient les unes contre les autres. Des nuages gris roulaient dans le ciel. Il allait sûrement pleuvoir à nouveau plus tard dans la journée. Un oiseau chantait dans le lointain...

Soudain, un coup de feu claqua quelque part dans le sous-bois. Dana entendit un chien aboyer et une voix d'homme hurler :

— Jody, reviens !

La voix devint plus rauque et hystérique :

— Reviens, je t'en supplie !

Scully arma son automatique. Elle avait compris ce qui se tramait : un homme contaminé par la peste nanotechnologique était venu, avait causé la mort atroce de Patricia et poursuivait à présent le petit Jody. Dana devait retrouver l'enfant la première. Elle courut aussi vite qu'elle le put vers les bois.

29

Chalet de Jeremy Dorman
Oregon
Vendredi, 13 h 59

Il avait beau courir, Jeremy le suivait à la trace. Jody ne connaissait qu'un seul endroit sûr où il pourrait s'enfermer et trouver une arme : le chalet lui-même !

L'enfant était comme sa mère, plein de ressources. Il avait appris beaucoup de choses, ces derniers jours.

Il continua d'avancer, mais en décrivant un arc de cercle pour retourner à son point de départ. Vador aboyait en bondissant autour de lui, et Jody se demandait si le brave chien ne prenait pas tout ceci pour un simple jeu.

Le garçon avait l'impression que des aiguilles d'acier lui traversaient les jambes. Il souffrait de son point de côté, mais il se moquait de la douleur.

Il connaissait bien ces bois et n'allait avoir

aucun problème pour retrouver le chalet. Quant à Vador, il ne risquait pas de se perdre !

Jody se trouvait maintenant sur une hauteur d'où il pouvait voir la maison et le chemin qui y menait. Une voiture inconnue était garée non loin.

La peur s'empara de lui : quelqu'un d'autre que Jeremy était à sa poursuite ! Sa mère le lui avait dit. Ils avaient plein d'ennemis !

Mais Jeremy restait, pour le moment, le danger le plus immédiat. Il était juste derrière !

Jody se laissa glisser dans la terre, sur la pente, entre deux grosses souches à moitié arrachées.

— Petit, viens ! N'aie pas peur de moi, je t'en conjure !

L'enfant avait vu les yeux vitreux de Jeremy. Il n'était pas du tout dans son état normal. Et puis, il lui avait tiré dessus, non ?

La pente devenait quasiment impraticable. Mais Vador était déjà en bas et aboyait, encourageant son jeune maître à le suivre.

Il n'avait pas le choix. Il s'assit et se laissa glisser.

Dorman fit de même. Le garçon se retrouva soudain en chute libre. Il tenta de se rattraper à des branches basses, qui cédèrent.

Des pierres, des branches, de la terre... la chute fut rude, mais l'enfant ne poussa pas un cri. Il atterrit sur le sol et ne put réprimer une grimace, car son dos lui faisait atrocement mal.

Il regarda alors au-dessus de lui et découvrit avec horreur que Jeremy s'était redressé à mi-pente et le mettait en joue !

Le visage de cet homme était terrifiant : sa peau

bougeait, comme si des bêtes grouillaient en dessous. Ses yeux blanchâtres exprimaient la fureur la plus totale.

Le garçon ne pouvait quitter des yeux le canon du revolver qui ressemblait à l'œil d'un cyclope.

— Jody, pourquoi rends-tu les choses si difficiles ? Est-ce que nous n'avons pas assez souffert, toi et moi ?

Le gamin se releva tant bien que mal.

— Où est maman ? cria-t-il.

Jeremy allait répondre quand une voix résonna :

— Mains en l'air, lâchez votre arme, agent fédéral !

Scully se tenait à quelques mètres d'eux. Ils étaient tellement pris par leur poursuite qu'ils ne l'avaient pas entendue approcher. Elle était en position de tir.

Dorman s'immobilisa.

Dana avait tout bonnement suivi les aboiements du chien pour retrouver Jody. Dès qu'elle vit le visage de l'homme qui menaçait l'enfant, elle sut qu'il était porteur de la peste cancéreuse.

Jody, lui, ignorait qui elle était. Il la dévisagea.

— Vous faites partie du complot... murmura-t-il.

Ces paroles interloquèrent Dana. Elle se demanda ce que le gamin savait quant à la mort de son père et à la tragédie de DyMar.

Mais ce qui la surprit le plus fut qu'il avait l'air en pleine forme — il était essoufflé et terrorisé, bien entendu, mais ne portait aucun des stigmates caractéristiques de la leucémie incurable dont il souffrait.

Il y avait moins d'un mois de cela, Jody était pâle, maigre, mourant. Et voilà qu'aujourd'hui il courait à travers bois et sautait par-dessus des troncs d'arbres !

L'agresseur esquissa un geste. Scully se reconcentra immédiatement.

— J'ai dit : on ne bouge pas ! fit-elle d'un ton menaçant. Posez votre arme par terre, très lentement !

Il la toisa avec mépris.

— Vous n'avez pas la moindre idée de ce qui se passe ici, des enjeux ! Ou alors... est-ce que l'enfant a vu juste ? Est-ce que vous faites partie du complot qui a pour but de nous détruire, lui comme moi ?

Avant qu'elle puisse répondre, une flèche noire traversa les airs : Vador bondit sur l'homme qui menaçait son maître !

Dana reconnut tout de suite l'animal : un labrador noir, celui que le vétérinaire avait soigné et qui était revenu, comme par magie, du royaume des morts.

— Vador, attention ! hurla l'enfant.

L'homme au revolver tomba en arrière sous le poids du chien. Il appuya sur la détente.

Le coup de feu résonna sur les collines alentour.

Jody prit la balle en pleine poitrine. La puissance de l'impact le projeta contre l'arbre situé à plusieurs mètres derrière lui. Il poussa un cri de douleur et tomba dans une flaque d'eau boueuse.

Vador s'acharna sur le tireur, lui mordant le visage, les bras, les mains. L'homme hurlait.

Dana se précipita vers l'enfant.

— Mon Dieu !

Elle s'agenouilla auprès de Jody et prit sa tête sur ses genoux. Il avait les yeux ouverts. Du sang coulait de sa bouche. Il regarda Scully et murmura :

— Je suis fatigué.

Elle lui caressa les cheveux, oubliant totalement l'assassin en train de lutter avec le chien. Elle ne pouvait rien pour ce pauvre gosse !

Le chien déchiquetait la gorge du tueur, arrachant les tendons et les muscles. L'homme lâcha son arme, frappa le flanc du chien, mais ses coups devenaient de plus en plus faibles...

Dana regardait, impuissante, une tache de sang se former sur la chemise de Jody. Elle examina la blessure de plus près : perforation ronde.

— Oh non !

Il avait le poumon gauche touché. Et peut-être le cœur.

C'était une blessure mortelle.

30

Chalet de Jeremy Dorman
Oregon
Vendredi, 14 h 20

La forêt n'était plus le lieu empreint de paix qu'elle avait été quelques minutes auparavant. L'odeur de la poudre et du sang flottait dans l'air. Les oiseaux ne chantaient plus.

Scully retrouva ses esprits. Elle ne pouvait rien pour le gamin.

Elle se releva donc et alla attraper Vador par le collier.

Le chien réduisait le corps du tueur en lambeaux. Il était comme fou. Elle tira sur le collier.

— Doucement, le chien, on se calme !

Elle réalisa alors seulement le danger qu'il y avait à approcher un animal qui vient d'arracher la gorge à un être humain.

Vador grognait, montrait les dents. Il avait du sang sur son pelage, sur ses longues canines acérées.

Elle examina le corps de l'assassin. Il n'avait plus de cou, sa chemise était en loques. Le labrador avait fait un sacré carnage.

La main gauche de l'inconnu était agitée de spasmes, comme une grenouille sur une table de dissection. La peau bougeait, infestée de parasites. Sa chair était recouverte d'un liquide visqueux que Dana avait déjà vu sur le cadavre de Ruckman, lors de son autopsie.

Des taches apparaissaient et disparaissaient sur tout le corps. Ce bonhomme était porteur de la même maladie qui avait tué Patricia Kennessy, Vernon Ruckman et probablement le camionneur que Mulder était parti voir. Il y avait donc un lien entre tous ces gens et le travail de David Kennessy à DyMar. Celui-ci avait joué aux apprentis sorciers pour pouvoir guérir la maladie de son fils...

Dana observa le chien qui s'était assis dans l'herbe. Il ne semblait pas avoir été contaminé par le sang de sa victime.

Elle retourna auprès de Jody. Sa blessure était vraiment horrible. La balle, au lieu de ressortir de l'autre côté de la cage thoracique, était restée fichée, quelque part, peut-être tout à côté du cœur. Impossible d'évaluer l'étendue des lésions.

L'enfant respirait encore, ce qui était incroyable.

Dana avait souvent vu la mort de près. Elle avait perdu des collègues. Mais le cas de Jody la touchait d'une façon plus personnelle. Elle avait une affinité particulière avec lui.

Une cellule qui change, et c'est le cancer. Jody Kennessy, tout comme Scully, était la victime innocente du destin...

Elle essaya d'appeler Mulder sur son téléphone portable. Ses doigts pleins de sang glissaient sur les touches.

Pas de signal.

Elle se trouvait toujours dans un secteur situé hors de la zone de couverture du réseau. Comble de malchance.

Plusieurs possibilités s'offraient à elle : aller chercher la voiture pour y déposer le petit, et rouler en direction de la route dans l'espoir de se reconnecter au réseau...

Pas question de laisser cet enfant mourir seul.

— Je crois qu'il va falloir que je te porte, fit-elle en se penchant vers le gosse. J'espère que cela ne te fera pas mal.

Vador geignait. Il voulait venir voir ce qui arrivait à son maître, mais Dana le tenait à distance. Il était peut-être porteur de la maladie.

Elle n'était pas spécialement musclée mais n'eut aucun mal à soulever le garçon. Il soupira. Il fallait faire vite et l'emmener à l'hôpital le plus proche.

Elle se hâta vers la voiture, enjamba des branches mortes. Le labrador la suivait de loin, ne voulant pas abandonner Jody.

Scully sentait que l'enfant avait de la fièvre. Cela était tout à fait anormal. Il perdait toujours du sang. Des gouttelettes tombaient sur le sol. Elle ne s'en souciait pas et marchait vers la voiture d'un pas décidé.

Le corps hideusement déformé de Patricia Kennessy gisait toujours à côté du chalet. Elle se dit qu'il valait mieux pour l'enfant qu'il meure sans avoir vu sa maman dans cet état.

Elle atteignit enfin le véhicule, déposa le petit sur le siège arrière. Le sang ne coulait plus de sa blessure. Dana pensa alors que son cœur s'était arrêté. Elle souleva le bandage improvisé qu'elle lui avait serré autour du torse, ajouta du tissu pour que la pression soit plus forte et se mit au volant.

Vador sauta dans la voiture et aboya comme pour dire : « Plus vite, plus vite ! »

Elle fonça, pied au plancher. Tant pis pour la suspension du véhicule.

Le chien, lui, continuait de hurler à la mort.

31

Building Federal
Suite 313, Crystal City, Virginie
Vendredi, 12 h 08

Le téléphone sonna. Adam Lentz, qui était en train d'étudier tranquillement une carte détaillée des collines de l'Oregon, décrocha aussitôt. Peu de gens connaissaient le numéro direct de son bureau. Cet appel devait donc être important.

— Allô !

Au tout début de sa carrière, il avait eu le plus grand mal à perdre l'habitude de dire : « Allô ! ici Adam Lentz. » Il fallait qu'il garde un anonymat total.

Il n'existait pas et travaillait pour un organisme fantôme.

La voix à l'autre bout du fil était des plus familières. Il se redressa.

— Oui, monsieur, bien, monsieur... J'allais justement vous faire parvenir un rapport sur l'évolution de la situation...

Il avait effectivement préparé une carte qui montrait les différentes zones des collines qui avaient été fouillées par les enquêteurs et les chasseurs professionnels engagés pour l'occasion.

— Je pars pour Portland dans une heure, monsieur. Je vais diriger les opérations sur place.

Son correspondant lui répondit sans animosité ni impatience, seulement avec cette pointe de cynisme qui le caractérisait et qui mettait Lentz mal à l'aise.

Pas de rapports écrits, pas de documents compromettants : c'était la règle. Adam fit donc un résumé verbal de la situation. Il expliqua par le menu tout ce qu'il avait déjà mis en œuvre pour retrouver Jody et Patricia Kennessy, sans oublier leur chien Vador et les nanobestioles qui les accompagnaient.

Six équipes ratissaient les collines. Mais le supérieur ne parut pas satisfait.

— Vous nous aviez indiqué dans votre premier rapport que toutes les nanomachines avaient été détruites. Je trouve extrêmement décevant d'apprendre aujourd'hui qu'il en reste encore dans la nature.

Adam déglutit avec difficulté.

— Nous pensions que nos équipes avaient tout détruit au cours de l'incendie de DyMar. Nos agents avaient même trouvé et ouvert le coffre.

— Certes, mais si j'en crois ce qui est arrivé au garde l'autre nuit dans les décombres des laboratoires, et si je me fie à certains dossiers décrivant le décès de plusieurs autres personnes, des machines sont encore actives.

— Je sais, monsieur. Je vous assure que nous allons retrouver les fugitifs, détruire les dernières nanocréatures et terminer notre mission comme prévu.

— Je ne veux pas de discours, je veux des résultats !

— Oui, monsieur, bien entendu, monsieur.

— Une dernière chose. Je vous ai déjà parlé de l'agent Mulder. Méfiez-vous de lui. Je veux qu'une de vos équipes le suive en permanence, écoute toutes ses conversations et épie ses moindres faits et gestes.

— Bien, monsieur.

— Vous avez beaucoup d'hommes sous vos ordres pour cette mission, mais je pense que l'agent Mulder vous sera tout de même utile. Il a un talent assez...

L'homme hésita.

— ... unique, reprit-il, pour se faufiler au milieu de la tourmente et trouver ce que tout le monde cherchait en vain depuis des heures. Suivez-le donc.

Lentz regarda sa montre.

— J'ai compris vos ordres et je vais les exécuter, monsieur. Si vous voulez bien m'excuser, j'ai un avion à prendre.

— Vous avez surtout une mission à accomplir ! Nos concitoyens n'en sauront jamais rien, mais le monde va rester tel que nous le connaissons grâce à vous, mon ami !

32

Chalet de Jeremy Dorman
Oregon
Vendredi, 15 h 15

Le pick-up rouge que Fox avait réquisitionné était une petite merveille. Son moteur avait de la reprise et ses grosses roues tenaient du rouleau compresseur : branches, trous d'eau, bosses sur le chemin de terre, rien ne l'arrêtait !

Il allait bientôt arriver en vue du chalet isolé au milieu de la nature. Avec un peu de chance, Scully serait là... Jody Kennessy et sa maman également.

Il écrasa l'accélérateur. Le véhicule bondit, gravissant le flanc de la colline sans aucune difficulté. Parvenu au sommet, il commença à redescendre si vite qu'il dut freiner.

Le chalet était là, dans la petite clairière. Mais la voiture de Dana manquait à l'appel. Par contre, Fox remarqua tout de suite des traces de pneus fraîches sur le chemin, et une Volvo d'un modèle très chic.

Où était sa partenaire ? Quelqu'un était venu ici en voiture et était reparti, mais qui ?

Il sortit son téléphone et composa le numéro de sa collègue.

Pas de réseau, indiqua l'écran L.C.D.

Réprimant un juron, il remit rageusement l'appareil dans sa poche. Il descendit de son véhicule et se dirigea vers le chalet.

— Agent fédéral ! Il y a quelqu'un ?

Il pivota sur ses talons pour vérifier qu'il n'y avait personne dans les bosquets derrière lui.

— Scully, tu es là ?

Une femme étendue dans l'herbe, immobile...

Patricia Kennessy, pas d'erreur possible.

Mulder recula malgré lui, horrifié. La malheureuse. Elle avait succombé à la même maladie foudroyante que le camionneur qu'il venait de voir à plusieurs kilomètres de là !

Et Dana était venue ici... Mon Dieu, se dit-il, et si elle était, elle aussi, allongée dans l'herbe, morte ?

Il fit le tour de la maison en courant.

— Scully !

Personne. Fox examina le sol, à la recherche de la moindre piste, du moindre indice. Il découvrit des gouttes de sang disséminées dans l'herbe. Elles traçaient un chemin en direction de la forêt.

Plus loin, à la lisière du bois, on pouvait voir dans la boue des traces de chaussures qu'il identifia tout de suite comme étant celles de sa coéquipière, et des marques de pattes de chien. Son cœur manqua un battement.

— Scully ! Scully ! hurla-t-il à pleins poumons. Scully, où es-tu, réponds-moi !

Celui ou celle qui avait contaminé et donc tué le garde, puis le camionneur et enfin Patricia Kennessy était ici, tout près !

Il sentit la peur l'envahir. C'était comme un atroce cauchemar : il allait peut-être découvrir Dana et le petit Jody, couchés par terre, dans le bois, consumés par la peste nanotechnique. Cette peste se diffusait peut-être plus rapidement que les gaz toxiques militaires !

La traînée de sang qui courait dans l'herbe le mena jusqu'à un talus. Au sommet se trouvaient deux arbres abattus dont les souches formaient un V. Un homme, les vêtements en lambeaux, la gorge arrachée, gisait entre leurs racines géantes.

Mulder perçut deux odeurs familières : celle du sang et celle de la poudre. Il observa le cadavre de plus près et vit qu'il tenait à la main un revolver, du type de ceux qu'on donnait aux vigiles de compagnies privées.

Fox examina la gorge du mort. La forme des blessures était caractéristique : c'était un animal qui avait tué ce type. Un chien ? Un labrador ?

Soudain, un liquide translucide se mit à couler sur la plaie béante. Une sorte de mucus. Le corps de cet homme était en pleine séance de réparation !

Mulder recula, il ne connaissait que trop bien ces symptômes. Tout ceci était répugnant... et inquiétant. Il survola du regard les bois avoisinants. Juste au pied du talus se trouvaient des marques profondes, comme si quelqu'un avait fait une chute terrible à cet endroit. Il y avait aussi des empreintes de chaussures — toujours celles de Scully — et de pattes de chien.

Mais il y avait aussi des traces de pas.

Les pas d'un enfant.

— Scully !

Seuls les oiseaux et le vent dans les branches lui répondirent...

Brusquement, le cadavre de l'égorgé fut parcouru par un spasme.

Le mort se redressa d'un bloc et attrapa Mulder par le revers de la veste. Ce dernier cria, se débattit, mais la poigne de son agresseur était telle qu'il ne put se dégager.

L'inconnu avait toujours le teint cadavérique. Il leva son autre main et pointa son revolver vers la tempe de Mulder. Celui-ci vit que sa peau ondulait. Des minimachines, des nanocréatures grouillaient dans le corps de ce type ! Il était couvert du mucus si caractéristique de la maladie. Ce liquide devait être l'agent contaminant.

La gorge du mort vivant était maintenant en parfait état. Une chaleur extrême irradiait de tout son corps.

Il ouvrit la bouche, mais son larynx refait à neuf ne répondit pas tout de suite à ses sollicitations.

— Votre... arme, lâchez-la ! ordonna-t-il.

Fox calcula rapidement s'il avait le temps de sortir son Sig Sauer 9 mm de sa poche. Mais le tueur devina sa pensée.

— N'essayez pas ça ! dit-il d'une voix redevenue presque normale.

— Votre corps est en train de se réparer, souffla Fox, stupéfait. C'est grâce à la nanotechnologie, n'est-ce pas ?

L'homme revenu d'entre les morts respirait difficilement.

— Vous êtes l'un d'entre eux... vous êtes un homme de l'ombre, vous aussi.

Il lâcha Mulder. Un peu de liquide visqueux resta collé sur le tissu. L'inconnu grogna et murmura :

— Si j'étais vous, je retirerais cette veste rapidement et sans toucher à ce mucus.

— Ne vous en faites pas, je sais ce que cela pourrait entraîner.

— Si vous savez cela, vous savez aussi que je suis prêt à tout et que je suis tout à fait capable de vous tirer dessus.

Fox ôta sa veste en douceur et récupéra son téléphone portable, qu'il glissa dans la poche de son pantalon.

— Comment m'avez-vous trouvé ? Qui êtes-vous ?

— Agent spécial Fox Mulder, F.B.I.

L'inconnu eut un rire grinçant.

— Le F.B.I., bien sûr ! Je me doutais que vous étiez mêlés à cette conspiration ! Vous êtes supposés nous traquer et faire disparaître toute trace, toute preuve de ce qui s'est réellement passé, hein ?

En d'autres circonstances, Mulder aurait éclaté de rire.

— C'est bien la première fois qu'on m'accuse

de faire partie d'une conspiration ! Et vous, qui êtes-vous ?

Le bonhomme fronça les sourcils.

— Vous l'ignorez ?

— Oui. Ce n'est pas pour vous que je suis ici. Je sais simplement que vous avez été contaminé par un produit résultant d'une expérience faite à DyMar.

— Je *suis* DyMar ! clama le mort vivant. Je...

Il se tut soudain et se plia en deux en gémissant de douleur. Quelque chose bougeait sous sa chemise. Du liquide coula sur sa peau puis redisparut dans ses muscles, comme par magie.

— Je suis Jeremy Dorman, l'assistant de David Kennessy.

Fox haussa un sourcil.

— Jeremy Dorman ? Mais vous êtes mort ! Vous avez péri dans l'incendie qui a ravagé les locaux du centre de recherches !

L'autre essaya de sourire.

— Vous avez pu constater que je ne meurs pas si facilement.

— Vous avez tué tous ces gens... le garde, le camionneur, Patricia Kennessy !

Le scientifique sembla blessé par ces paroles.

— Je ne l'ai pas fait exprès ! Ils m'ont touché !

Il toisa Mulder et reprit :

— Vous avez un véhicule ?

— Oui, il ne paie pas de mine mais il fonctionne.

— Bon, on va ficher le camp d'ici. Il faut que je retrouve le petit Jody. Lui seul peut me sauver.

— Que lui est-il arrivé ?

— Je l'ai tué avant que le chien ne m'attaque. Une femme qui disait être agent fédéral se trouvait là.

Fox ne dit rien et avança vers le chemin, les mains en l'air.

— Je crois qu'elle est partie essayer de faire soigner le gamin, continua Dorman. Elle m'a laissé, croyant que j'étais mort.

— Vu l'état de votre gorge quand je vous ai trouvé ici, elle avait droit de le croire...

— Il faut les retrouver !

Ils arrivèrent enfin au pick-up. Fox remarqua que Jeremy évitait soigneusement de regarder en direction du cadavre de la malheureuse Patricia Kennessy.

Il fit signe à Mulder de sortir ses clés.

Celui-ci répondit :

— Je les ai laissées sur le contact.

— Vous êtes d'une nature confiante.

Fox haussa les épaules tout en essayant d'échafauder un plan.

— Bah, ce n'est pas mon véhicule, alors vous savez !

Jeremy considéra le pick-up.

— Je ne pensais pas qu'on donnait des bagnoles de ce genre aux agents du sacro-saint Bureau.

Il ouvrit la portière et s'installa à bord.

— Bon, on y va ! Et surtout rappelez-vous bien une chose : il ne faut pas que vous me touchiez !

Il se cala aussi loin qu'il le put du siège du conducteur, comme un pestiféré.

Le moteur toussota en démarrant.

— Ne vous en faites pas, monsieur Dorman, murmura Fox le plus sérieusement du monde. Vous toucher est bien certainement la dernière chose dont j'ai envie !

33

Collines de l'Oregon
Vendredi, 16 h 19

Quarante kilomètres à faire avant le premier hôpital! La route de terre décrivait des virages dans les hautes collines de l'Oregon. Scully, les mains crispées sur le volant, ne savait pas où elle allait, mais il fallait qu'elle y aille vite! Elle faisait la course contre le soleil qui se couchait déjà à l'horizon et contre la mort, la mort du petit Jody.

De chaque côté de la voiture, les pins noirs défilaient à toute vitesse.

Sur le siège arrière, Vador pleurnichait. Il avait l'air inquiet. Sa truffe et son pelage étaient encore couverts de sang. Dana se dit qu'elle aurait peut-être dû nettoyer l'animal avant de le laisser monter avec son maître.

Le chien se tenait assis, immobile, auprès de l'enfant mourant qu'il regardait avec affection. Et dire qu'il venait de déchiqueter la gorge d'un homme... Vador était redevenu le meilleur ami du petit, le fauve avait disparu en lui.

Elle avait vérifié le pouls du garçon avant de démarrer. Il était faible et irrégulier, mais indiquait que le jeune Kennessy, par on ne sait quel miracle, s'accrochait à la vie.

Un gros chien de chasse surgit soudain devant la voiture et traversa la route sans crier gare. Scully l'évita de justesse en faisant une embardée. Puis elle se retourna pour voir comment Jody avait supporté le choc.

À l'instant précis où elle se tourna vers lui, le corps de l'enfant fut secoué d'un spasme. Son échine se cambra, son visage changea. Dana arrêta la voiture immédiatement et défit sa ceinture pour aller voir de plus près ce qui se passait.

Elle craignait que l'inévitable ne soit en train de se produire : le gamin mourait.

Le front de Jody était brûlant, de la sueur perlait sur son front, ses yeux étaient fermés. Scully, tout médecin qu'elle était, ne savait pas quoi faire.

La convulsion s'arrêta, et le garçon retomba sur le siège. Il respirait plus facilement qu'auparavant. Vador lui poussa gentiment l'épaule avec le bout de la truffe, comme pour l'encourager.

Elle se dit que l'état du petit s'était stabilisé. Peu importait comment ou pourquoi. Elle remonta en voiture, actionna le levier de vitesses et accéléra à fond.

Des arbres, partout des arbres... La route était extrêmement sinueuse et accidentée. Dana devait se concentrer sur la conduite. Elle ne pouvait observer son petit patient.

Tout en conduisant, elle ouvrit d'une main son

téléphone portable. Les mots *Pas de réseau* s'affichèrent sur l'écran miniature. Elle se sentit soudain profondément isolée, coupée du reste du monde, exactement comme la communauté dont faisait partie le frère de David Kennessy. Seule petite différence : eux voulaient vivre seuls, alors qu'elle, elle aurait donné n'importe quoi pour trouver un hôpital, un médecin avec du matériel chirurgical !

Elle aurait surtout donné n'importe quoi pour que Mulder soit à ses côtés...

Jody se mit subitement à tousser et se redressa. Scully, le voyant dans le rétroviseur tranquillement assis, faillit perdre le contrôle de la voiture.

Vador se jeta sur l'enfant et lui lécha goulûment la figure tout en battant de la queue comme un fou.

Elle écrasa le frein.

— Jody, tu vas bien ?

C'était un cri de surprise plus qu'une question.

Le gamin se frotta les yeux et marmonna :

— J'ai faim...

La plaie sur son torse était toujours couverte de sang, mais elle s'était refermée.

Dana descendit de la voiture pour ouvrir la porte arrière. L'alarme du véhicule émit un bip régulier pour lui signaler qu'elle n'avait pas fermé sa porte avant et que les clés étaient toujours sur le contact.

Elle n'avait pas de temps à perdre avec de tels détails futiles, et attrapa Jody par les épaules.

— Assieds-toi confortablement. Tu te sens bien ?

Elle lui toucha la joue. Sa fièvre avait diminué.

La chair qui recouvrait l'endroit où se trouvait quelques minutes auparavant la blessure avait un aspect lisse qui faisait penser à du plastique.

— Je n'arrive pas à y croire, murmura-t-elle.

— Y a rien à manger? insista le petit.

Dana se rappela que Mulder avait laissé un sachet de chips au fromage dans la boîte à gants. Elle le donna au garçon qui avala avec délices les rondelles croquantes, mettant des miettes partout.

Vador donnait des coups de museau à son jeune maître. Il aurait bien voulu qu'on s'occupe un peu plus de lui, mais Jody était trop occupé à dévorer ses chips. Il prit tout de même le temps de gratouiller la tête du labrador qui battit de la queue de plus belle.

Ayant mangé tout le contenu du sac, l'enfant se pencha pour rattraper une grosse miette qui était tombée sur la banquette.

Scully entendit un bruit métallique.

Une balle de revolver aplatie par un impact.

Elle regarda le dos du gosse qui la laissa retrousser son tee-shirt.

Une simple tache rouge ornait l'omoplate.

Elle considéra la balle longuement.

— Jody, est-ce que tu sais ce qui t'est arrivé?

Il lui sourit. Son visage était plein de sel et de miettes. Le labrador avait posé son museau sur sa cuisse.

— Bien sûr que je sais! répondit-il fièrement. C'est un truc que mon papa a inventé! Des nanobébêtes, je les appelle. Ce sont des petits policiers qui sont dans mon corps et réparent ma leucémie.

Avant que Scully ait eu le temps d'ouvrir la

bouche pour poser une nouvelle question, le garçon bâilla. Maintenant qu'il avait mangé, il avait besoin de récupérer.

— Je suis très fatigué...

Elle lui posa d'autres questions, mais il ne sembla pas les entendre.

Il cligna des yeux plusieurs fois et inspira à fond, puis s'affala sur la banquette. Il s'endormit aussitôt — un sommeil qui ne ressemblait en rien au coma dans lequel il était précédemment plongé.

Dana recula de quelques pas pour mieux contempler cet enfant du miracle. Son esprit se refusait à admettre la vérité. L'alarme de la voiture continuait d'émettre des bips ridicules. Elle se remit donc au volant et réfléchit.

Les implications de ce qu'elle venait de voir étaient incommensurables. Mulder aurait exulté s'il avait été là ! Pour sa part, elle n'aurait jamais cru une histoire pareille, mais pas question de nier l'évidence : elle avait assisté à la résurrection de Jody Kennessy. Elle comprenait également pourquoi l'enfant n'était plus maigre et pâle, comme sur les photos, quand il souffrait encore de sa leucémie supposée incurable.

Elle serra le volant. Son cœur martelait sa poitrine et elle avait mal partout, surtout aux articulations. Elle se répéta que cela venait du stress et des va-et-vient en voiture, pas de son cancer.

Sa propre maladie était un mystère. Elle avait été enlevée, et on avait certainement fait sur elle des expériences qui avaient causé ces tumeurs.

Dana avait rencontré une association de femmes ayant subi un sort similaire.

Toutes étaient mortes d'un cancer.

Elle boucla sa ceinture, histoire de faire taire l'alarme, et démarra sans accélérer exagérément.

On entendait des coups provenir du siège arrière : la queue de Vador qui battait contre le dossier !

David Kennessy avait fait une découverte extraordinaire. Ses travaux avaient été menés dans un laboratoire appartenant à l'État. Des millions de citoyens attendaient chaque année qu'on découvre enfin un traitement efficace contre le cancer.

Il était incroyable de penser que le scientifique avait administré le traitement expérimental à son fils sans avoir suivi la procédure normale : tests sur animaux, contrôles par des laboratoires indépendants...

En tant que médecin, elle était choquée. Le père de Jody avait agi au mépris de toute éthique.

En tant qu'être humain, en revanche, elle comprenait que le pauvre homme ait été prêt à tenter n'importe quoi pour sauver son enfant. Après tout, des gens intelligents en arrivaient parfois à un tel degré de désespoir qu'ils consultaient des charlatans, des médiums...

Mais les prières et les méditations sur des cristaux ne risquaient pas d'avoir des conséquences néfastes sur l'environnement et la population. Dana avait mal à l'estomac rien que d'y penser : si le savant avait commis la moindre petite erreur en créant ses nanomachines, celles-ci pouvaient causer des dommages irréparables au niveau cellulaire. Les nanobébêtes, comme disait Jody, pouvaient se reproduire et se transmettre d'une personne à l'autre. Elles pouvaient faire d'énormes dégâts dans l'organisme d'un individu sain.

Ce danger n'existait que si David Kennessy n'avait pas pris le temps de penser à tout... s'il s'était cru, un instant, au-dessus des lois de la nature.

Elle serra les dents et baissa le pare-soleil. La luminosité dans le ciel, au ras des pointes des arbres, était insupportable.

Elle songea au corps déformé du garde de DyMar, à celui du camionneur que Mulder était allé examiner.

Le scientifique avait fait une erreur quelque part. Des gens mouraient. Le programme déraillait manifestement.

34

Collines de l'Oregon
Vendredi, 17 h 07

Mulder tourna le gros volant du pick-up. Le véhicule n'était pas muni d'une direction assistée, ce qui rendait sa conduite épuisante. Les virages étaient particulièrement difficiles à négocier.

Le moteur était surpuissant, et le pick-up bondissait comme un kangourou d'une bosse à l'autre.

Assis sur le siège passager, Jeremy observait tous ses mouvements d'un air méfiant.

Fox ne comprenait pas trop son attitude : après tout, c'était lui, Dorman, le monstre contagieux armé d'un revolver ! Qu'avait-il donc à craindre d'un pauvre agent fédéral déjà bien embêté de se retrouver dans le même véhicule qu'un mutant ?

Il ne pouvait s'empêcher de repenser au corps horriblement déformé du camionneur. Le pauvre type avait été contaminé tandis qu'il était au volant, dans la même situation que lui. Est-ce que cela voulait dire que la maladie était transmissible par l'air ? Allait-il succomber, lui aussi ?

La peau du malade ondulait par à-coups.

— Je devine vos pensées, agent Mulder. Vous ne risquez rien tant que vous ne me touchez pas.

— C'est ce que vous dites !

Le pick-up pencha en prenant un virage en épingle à cheveux. L'inquiétant passager n'avait pas posé de questions quant à leur destination. Il voulait retrouver Scully et l'enfant. Fox avait bien l'intention de lui faire perdre autant de temps que possible.

— Menacer un agent fédéral avec une arme est un crime grave, le saviez-vous ? lança-t-il. Vous risquez de sérieux ennuis !

— Qu'est-ce que je risque ? Une amende ? ricana Dorman. Mon corps est en train de s'autodétruire. Si je ne retrouve pas Jody rapidement, je vais mourir. Le gouvernement fédéral pourra envoyer des hommes armés d'un seau et d'une balayette pour ramasser ce qui restera de moi. Je me demande comment ils s'y prendront pour me mettre en prison, une fois que je ne serai plus qu'un petit tas de matière inerte.

Mulder haussa un sourcil.

— Un petit tas de matière inerte ? J'ai déjà arrêté des malfaiteurs qui ressemblaient parfaitement à cette description !

Le véhicule fonçait toujours sur la route de terre, tanguant au gré des irrégularités du sol.

Dorman demanda soudain :

— Comment pouvez-vous participer à cette conspiration ? Vous avez brûlé DyMar, tué David Kennessy. Maintenant vous me pourchassez et vous essayez de retrouver l'enfant. Comment arrivez-vous à dormir la nuit ?

Fox secoua la tête d'un air navré.

— Je crois qu'il y a erreur sur la personne, je vous l'ai dit. Je ne suis pas un conspirateur. J'enquête sur la mort d'un garde dans les locaux de DyMar. L'homme a été foudroyé par une forme de cancer qui rappelle la peste.

Il fusilla son passager du regard et ajouta :

— C'est vous qui l'avez tué, n'est-ce pas ?

— J'avais bien dit à cet imbécile de ne pas me toucher ! Mais tout le monde est contre moi. Le gouvernement veut détruire toutes les traces de nos découvertes et se débarrasser de toutes les nanomachines... sauf celles que vous gardez au Pentagone, bien entendu !

— Je vous le répète, je ne suis pas votre ennemi. Mais je connais quelques personnes qui pourraient fort bien se livrer aux activités que vous venez de me décrire...

À cet instant, Dorman poussa un hurlement et se plia en deux en se tenant le ventre.

Fox vit à travers les lambeaux de sa chemise que son corps se tordait, comme si un serpent était en train de se promener sous son épiderme.

Jeremy cria avec une force bestiale :

— Non !

Il se mit à respirer plus vite. Du liquide plus épais qu'auparavant coula de ses pores... Puis tout revint lentement à la normale, et il se détendit un peu.

Il pointa fermement son arme vers l'agent fédéral.

— Regardez la route, continuez de conduire !

murmura-t-il d'une voix rauque. Nous avons intérêt à retrouver votre partenaire rapidement. Je ne sais pas combien de temps je vais pouvoir contrôler mon corps.

Ses yeux brillaient de fièvre ou de colère, Mulder était incapable de le déterminer.

Dorman s'appuya contre le dossier de son siège et ajouta d'un ton solennel :

— Si je perds le contrôle, je ne serai pas responsable des conséquences !

35

Q. G. mobile
District de l'Oregon
Vendredi, 18 h 10

Adam Lentz et ses hommes étaient des professionnels. Pour eux, suivre la piste des fugitifs était aussi facile que de traquer un animal dans de la neige fraîche.

Il ne connaissait pas le nom des individus qui formaient son équipe pour cette opération. Mais il connaissait leurs compétences. Ces hommes avaient souvent été utilisés pour des missions similaires. Ils étaient parfaitement qualifiés, et Adam n'était venu sur place que pour deux raisons : les aiguillonner en se montrant, et être là afin de ramasser les lauriers en cas de succès... succès qui, selon lui, ne faisait aucun doute.

Il était arrivé discrètement à Portland en avion, comme un simple homme d'affaires. Il ignorait d'où venaient les autres membres de son équipe, mais il les retrouva au point de rendez-vous numéro un : une petite route où l'on avait retrouvé le corps d'un routier mort de la maladie qui les intéressait.

Le camion sanitaire était déjà sur place lorsqu'il arriva. Il y avait également plusieurs voitures noires. Ses hommes de main, en costume-cravate, portant tous des lunettes de soleil, s'activaient.

Un flic local nommé Jared leur parlait. Il avait avec lui un civil en ciré jaune. Tous les deux semblaient profondément inquiets.

Les portes arrière du camion de décontamination s'ouvrirent, et des individus en tenue d'astronaute en descendirent, armés de fusils à mousse bactéricide et de feuilles de plastique. Un homme les suivit vers le camion. Il tenait sous le bras un lance-flammes.

— Qu'est-ce qui se passe, ici ? demanda Jared en s'avançant vers Lentz.

Celui-ci ne prit même pas la peine de sortir son badge.

— Nous sommes l'équipe de décontamination. Nous vous remercions par avance de l'aide que vous allez nous apporter.

Il recula prudemment tandis que les hommes en scaphandre ouvraient la porte de la cabine du quinze tonnes et en sortaient ce qui restait du chauffeur. Ils arrosèrent copieusement le cadavre avec différents produits puis l'enveloppèrent dans une feuille de plastique spéciale. Le routier fut mis dans la position du fœtus, on scella le tout. Il ressemblait à une chrysalide.

Le shérif prit un air atterré.

— Hé, une petite minute, vous ne pouvez pas...

Adam l'arrêta d'un geste.

— Nous agissons pour préserver la sécurité nationale. Est-ce que vous, ou la personne qui vous accompagne, avez touché ou approché le corps ?

— Non, mais l'agent du F.B.I. qui est venu ici a ouvert la cabine. Il s'appelait Mulder, je crois. C'est un gars de votre équipe ?

Lentz ne répondit rien. Jared poursuivit :

— Il a réquisitionné le pick-up de ce monsieur et il est parti à la recherche de sa coéquipière. Enfin, c'est ce qu'il m'a dit. Je l'attends depuis un moment.

Le chef du commando se cacha les yeux tandis que l'homme au lance-flammes appuyait sur la détente.

Avec un rugissement assourdissant, le feu commença à dévorer le véhicule.

Dominic, toujours emmitouflé dans son ciré ridicule, jura :

— Nom de Dieu ! On peut dire que vous faites pas les choses à moitié, vous autres !

Une vague de chaleur arriva jusqu'à eux. Le brasier devint de plus en plus ardent. De la vapeur montait de l'herbe humide alentour, donnant un caractère irréel à la scène.

— Reculez, monsieur ! lança Adam. Le réservoir de gasoil va exploser dans quelques secondes.

Dominic obéit.

Toute l'équipe s'était repliée vers les voitures. Le cadavre avait été hissé dans le véhicule de décontamination. Les astronautes allaient retirer leurs combinaisons protectrices et les brûler aussitôt afin de ne prendre aucun risque.

Le quinze tonnes explosa comme Adam l'avait

prédit. Le shérif et son compagnon se mirent à genoux en se protégeant la tête, afin de ne pas être blessés par les fragments de métal projetés en tous sens.

Lentz n'avait pas perdu le fil de la conversation.

— Donc, vous disiez que l'agent Mulder est parti... Où est-il allé exactement ?

Jared mit quelques secondes avant de reprendre ses esprits. Il semblait hypnotisé par la boule de feu devant lui. L'odeur de ferraille, d'essence, de bois brûlé était entêtante.

— Je... je sais où il est allé.

Il expliqua où se trouvait le chalet de Jeremy Dorman et comment s'y rendre. Lentz ne prit pas de notes — dans son métier, il fallait avoir de la mémoire et ne laisser aucune trace écrite.

L'équipe de nettoyage repartait. Les portières des voitures noires claquaient.

Dominic courut après Adam et demanda :

— Et mon pick-up, qui va me le rendre ?

Lentz imagina un instant le célèbre et perspicace agent spécial Fox Mulder conduisant un pick-up garanti pure campagne profonde... L'image l'aurait beaucoup amusé s'il avait eu du temps à perdre.

— Ne vous en faites pas pour votre pick-up, monsieur. Nous nous chargeons de tout !

Il monta dans sa voiture qui démarra aussitôt, en direction du chalet.

En chemin, il réfléchit et se dit qu'il n'avait aucune excuse : comment n'y avait-il pas pensé plus tôt ?

Il avait rendu visite à la communauté dont faisait partie le frère de David. Mais Patricia n'y était pas, et son fils non plus.

Dire que, à quelques kilomètres de là seulement, se trouvait le chalet de Dorman, l'homme qui l'avait aidé à préparer l'assaut contre DyMar...

Adam n'aurait jamais imaginé que Patricia puisse aller se cacher là-bas, chez celui qui avait involontairement causé la mort de son mari... chez Judas.

Il mesura la gravité de son erreur en arrivant sur les lieux : le site était parfait, la planque rêvée !

Ses hommes se répartirent dans les bois autour de la clairière. Cette fois-ci, ils s'étaient armés de grenades et d'armes semi-automatiques — dans ce job, il fallait savoir s'adapter à toutes les situations !

Ils attendirent. Rien ne bougeait dans la baraque. Lentz jeta un coup d'œil vers ses sbires. Ils étaient parfaitement immobiles, une véritable armée de soldats de plomb grandeur nature !

— Avancez ! ordonna-t-il à mi-voix.

La troupe avait l'habitude de ce genre d'exercice. Tout le monde changea de position, courant en zigzag. Un homme alla surveiller la porte arrière du chalet.

Pendant ce temps, leur chef observait le sol. Il y avait des traces de pas — chaussures d'homme et de femme — ainsi que des empreintes de pneus. Mulder et Scully, ensemble ou séparément, étaient venus ici.

L'un des types en noir fit un signe de la main. Tout le monde se précipita.

Il avait trouvé Patricia Kennessy dans l'herbe, morte.

Lentz comprit tout de suite : la maladie sévissait ici aussi. La malheureuse avait été contaminée. Par quoi ?

Plus il y avait de victimes, plus les risques d'épidémie étaient grands. L'opération de nettoyage allait devenir difficile, voire impossible ! Il soupira : il venait à peine d'enrayer une possible contamination à l'hôpital de Portland qu'on les appelait pour un routier... et maintenant, voilà qu'ils découvraient un nouveau cas ! Heureusement, cette fois-ci, ils avaient pu arriver avant que les nanomachines ne réaniment artificiellement certains systèmes autonomes du corps, comme elles l'avaient fait dans le cas du garde !

— Nettoyez-moi ça, vite !

L'équipe alla chercher le matériel nécessaire. Adam respira profondément l'air vivifiant de la forêt, admira un instant le superbe paysage, puis ordonna :

— Brûlez entièrement le chalet. Je veux qu'il ne reste plus qu'un tas de cendres !

Le corps de la jeune femme était déjà couvert de mousse. Un homme en combinaison apporta le grand sac plastique qui lui servirait de linceul.

Lentz détourna le regard tandis que l'équipe versait de l'essence dans la maison. Il gagna sa voiture et se brancha sur un canal de surveillance réservé à l'écoute des communications satellites, des systèmes de brouillage et des téléphones portables. Pas la peine de se fatiguer davantage : l'agent Mulder allait leur servir de guide !

36

Route secondaire
Oregon
Vendredi, 18 h 17

Jody bâilla, s'étira, se redressa. Il avait bien dormi et se sentait frais et dispos.

— Qui êtes-vous, madame ? demanda-t-il.

Dana sursauta et se retourna un court instant.

Vador avait le museau posé sur la cuisse du garçon et le contemplait avec adoration.

— Je suis l'agent spécial Dana Scully.

Elle se reprit : ce n'était qu'un enfant, il fallait être moins officiel avec lui. Il avait besoin d'être rassuré.

— Mais tu peux m'appeler Dana, ajouta-t-elle. Je te cherchais partout. Je voulais te retrouver pour t'emmener à l'hôpital avant que ton cancer n'empire.

— Je n'ai pas besoin d'aller à l'hôpital, je n'irai

plus jamais. Je n'ai plus de cancer, Dana, rétorqua Jody comme si c'était la chose la plus naturelle du monde.

Cela faisait bien une heure qu'elle avait pris la décision de ne pas l'emmener aux urgences, malgré ce qui lui était arrivé. Elle se contentait de rouler droit devant elle, ne sachant que faire ni où aller.

Elle aurait donné n'importe quoi pour que Mulder soit là. Le téléphone portable ne fonctionnait toujours pas. Aucun moyen d'appeler son ami à l'aide.

— Pourquoi n'as-tu plus besoin d'aller à l'hôpital ? demanda-t-elle d'un air détaché. J'ai vu ton dossier médical. Tu avais un cancer, une maladie très grave.

L'enfant ferma les yeux pour se concentrer, comme si on venait de lui demander de réciter sa table de multiplication.

— Ouais, un cancer, une leucémie lymphocytaire aiguë, une L. L. A. Mon papa disait qu'il y avait plein de noms pour ma maladie, mais qu'en fait ce n'était qu'un cancer du sang.

— Cela veut dire que des cellules du sang fonctionnent mal. Elles tuent celles qui sont saines. Tout cela vient d'un problème au niveau de la moelle épinière.

Le garçon sourit d'un air satisfait.

— Je sais, mais maintenant c'est fini ! Je suis tout réparé... enfin, presque !

Jody lui jeta soudain un regard noir.

— Dis, Dana, est-ce que tu fais partie des gens qui nous poursuivent pour nous faire du mal ?

Est-ce que tu travailles pour les méchants qui font si peur à maman ?

— Non, au contraire, j'essaie de t'aider à échapper aux « méchants », comme tu dis. J'ai eu du mal à te retrouver. Ta maman a vraiment eu une très bonne idée en t'amenant ici !

Elle se mordit la lèvre mais trop tard. Elle savait ce qu'il allait lui demander.

— Où est-ce qu'elle est, à propos ? Quand tonton Jeremy est arrivé, elle m'a dit de m'enfuir.

— Tonton Jeremy ? répéta Scully, essayant de retarder au maximum le moment où elle aurait à dire la vérité. Comment s'appelle exactement l'homme dont tu parles ?

Jody haussa les épaules.

— Ben, c'est Jeremy Dorman, mon tonton, quoi. On pensait qu'il était mort avec papa dans l'incendie, mais il est toujours vivant. Je crois qu'il va très mal. Il dit qu'il a besoin de mon sang.

Le garçon caressa la tête de son chien et ajouta d'un ton penaud :

— Il a fait du mal à maman, c'est ça ?

Scully essaya de trouver les mots.

— Ta maman a essayé de te protéger, murmura-t-elle, navrée de ne pouvoir dire les choses plus simplement. Mais ce M. Dorman était malade, il était contagieux... Tu as eu de la chance qu'il ne t'ait pas touché.

— Ma maman a attrapé sa maladie ?

Dana continua de regarder la route devant elle.

— Oui. Elle n'a pas souffert.

— Je ne crois pas qu'il s'agisse vraiment d'une maladie, rétorqua Jody d'une voix calme.

Elle ressentit une pointe d'admiration pour ce

gamin qui venait d'apprendre si calmement la disparition du seul parent qui lui restait.

— Je pense que Jeremy aussi a des nanobébêtes dans le sang, expliqua-t-il. Il les a volées au laboratoire de papa, mais ses nanobestioles à lui, elles ne travaillent pas comme les miennes. Elles tuent. J'ai vu ce qu'elles lui ont fait. Il était tout changé. Il avait des bosses et de vilaines taches partout.

— Tu crois que c'est à cause de tes « nanobébêtes » que tonton Jeremy te poursuivait ?

Jody haussa les épaules.

— Bien sûr... Les comploteurs doivent essayer de le retrouver, lui aussi. En fait, ils cherchent toutes les nanobestioles qui restent, celles qui sont dans nos corps. Ils ne veulent pas qu'elles se mettent à se balader dans la nature.

Scully l'observa dans le rétroviseur. Pauvre Jody ! Il avait l'air si fragile, si innocent. Le cancer qui s'était attaqué à lui était vaincu, mais le garçon n'était pas tiré d'affaire pour autant. Des inconnus étaient à sa recherche.

— Dis, Dana, fit-il soudain, est-ce que je suis un danger pour les personnes autour de moi ? Est-ce que je peux moi aussi donner la maladie ?

Elle répondit franchement :

— Je ne pense pas. Je t'ai touché plusieurs fois, j'ai touché ton sang, et je vais bien, non ?

— C'est vrai.

— Raconte-moi plutôt comment ces bestioles fonctionnent. Est-ce que ton papa t'a dit comment il les fabriquait ?

— Il m'a dit que c'étaient des petits policiers biologiques qui allaient faire la chasse aux cellules cancéreuses dans mon organisme, et les zigouiller une à une. Et elles me réparent s'il m'arrive quelque chose.

— Si on te tire dessus, par exemple ?

— Oui.

Elle commençait à comprendre. Si les nanomachines étaient capables d'identifier, détruire et remplacer des cellules cancéreuses, alors elles n'avaient aucun mal à réparer une blessure par balle ! C'était pour elles un véritable jeu d'enfant !

Guérir une leucémie... cela voulait dire « réparer » des milliers de mini-tumeurs, et surtout les retrouver au milieu des milliards de cellules qui composaient le corps de Jody. C'était une tâche titanesque, très complexe et très longue.

Par contre, la perforation causée par la balle tirée par Dorman était localisée et propre.

La différence entre les deux problèmes était la même qu'entre inventer un vaccin et faire un pansement !

Les nanomachines pouvaient le plus. Elles pouvaient donc aussi le moins.

— Tu ne m'emmènes pas à l'hôpital, dis ? s'inquiéta l'enfant. Il ne faut pas qu'on me voie. Mon nom ne doit apparaître nulle part. Ma maman me l'a bien expliqué.

Scully réfléchissait à toute vitesse. Il fallait absolument qu'elle rejoigne Mulder. L'enfant et son chien Vador étaient les seules preuves de l'existence des nanomachines. Ils portaient en eux les derniers spécimens. Et quelqu'un voulait les faire disparaître.

Les hommes de l'ombre commenceraient par surveiller les hôpitaux... Pas question d'y aller, se dit-elle. Ces types étaient prêts à tout. Ils avaient détruit DyMar et tué David Kennessy.

Elle jeta un coup d'œil vers le garçon. Si ce gosse était capturé, il serait soit abattu, soit envoyé dans un centre d'études scientifiques secret où on l'utiliserait comme cobaye.

Pas question de permettre cela !

— Ne t'en fais pas, dit-elle en souriant. Je vais t'aider à te cacher.

37

Route secondaire
Oregon
Vendredi, 18 h 24

La nuit tombait. Il faisait sombre dans le pick-up, ce qui arrangeait Mulder : il ne pouvait plus voir les horribles ondulations qui parcouraient le corps de Jeremy Dorman, toujours assis à côté de lui.

Le malade s'assoupissait. Il piquait du nez.

Soudain, il aperçut l'antenne du téléphone portable qui dépassait de la poche du pantalon de Fox.

Cela le réveilla immédiatement.

— Vous avez un portable ! s'écria-t-il d'une voix enrouée.

— Oui, et alors ?

— Servez-vous-en immédiatement ! Appelez votre coéquipière. Il faut lui dire de venir nous rejoindre !

Jusqu'à présent, Mulder avait tout fait pour

gagner du temps. Pas question de laisser ce pestiféré s'approcher de Dana ou du petit garçon !

Hélas, Dorman avait une arme.

— Prenez votre téléphone et appelez-la tout de suite ! insista-t-il.

Fox sortit son portable d'une main.

Pas de réseau.

Il tira l'antenne avec les dents. Cela n'améliora pas la réception. Le même signe clignotait toujours sur l'écran.

— Regardez, mon vieux. Impossible de contacter Scully. Nous sommes en dehors de la zone de couverture, et les collines forment des cônes d'ombre.

Le malade gémit. Il n'était plus menaçant, mais suppliant.

— Il faut les retrouver ! Il le faut, agent Mulder. Il n'y a que vous qui puissiez m'aider...

— Pourquoi vous aiderais-je ? Pour que vous puissiez tuer Jody et ma partenaire comme vous avez tué le garde, le routier, puis Patricia ? Et moi, est-ce que vous avez l'intention d'ajouter mon nom à la liste de vos victimes ?

— Je ne suis pas un assassin ! rugit Jeremy. J'ai de plus en plus de mal à contrôler les événements ! Si seulement je pouvais avoir quelques gouttes du sang de l'enfant, je pourrais guérir et ne plus contaminer les gens par la même occasion. Tout le monde y gagnerait !

Fox haussa un sourcil.

— Mais pourquoi diable voulez-vous un échantillon du sang du gamin ? Je ne comprends pas.

Dorman le toisa.

— Non, vous ne comprenez pas, agent Mulder,

je m'en rends compte. Vous ne comprenez rien à la situation !

— Calmez-vous et racontez-moi ce qui se passe. Vous avez des nanobestioles dans le corps, c'est ça ?

— Évidemment ! Quelle question stupide ! David les appelait les « nanobébêtes ». Le nom était rigolo, ce qui était idéal puisqu'il les avait inventées pour son fils. Le petit Jody est porteur de ces machines cellulaires, et son chien Vador aussi.

Mulder essayait de rester concentré sur la route, ce qui n'était pas facile.

— J'avais deviné que le garçon en avait aussi. Est-ce qu'il est malade comme vous, est-ce qu'il tombe en morceaux et contamine tout le monde ? C'est pour cela que vous voulez le retrouver ?

L'autre grogna.

— Mais non ! Le gosse va très bien ! Ses nanocréatures fonctionnent parfaitement, contrairement aux miennes.

— Pourquoi ?

Dorman se mordit la lèvre.

— David Kennessy et moi avons fait les premiers tests sur son labrador. Les résultats étaient si prometteurs qu'il a décidé de prendre une souche vierge de nanomachines pour l'injecter à son fils. Le pauvre petit était déjà mourant, sa leucémie était en phase terminale. Il n'avait rien à perdre. Je me souviens de la réaction de Patricia quand elle a appris ce qu'il avait fait : elle était folle de rage. Mais son attitude a bien changé les jours suivants. Elle a assisté, avec nous, à la guérison miraculeuse de son enfant.

— Que s'est-il passé ? Pourquoi la foule est-elle venue manifester devant DyMar ? Qui a brûlé les labos ?

— Les résultats obtenus étaient extraordinaires. Certaines personnes ont jugé qu'il ne fallait pas que cette technologie soit révélée au public. La nanotechnologie peut rendre un être vivant quasiment immortel et invulnérable. Ils voulaient être les seuls à y avoir accès. Ils voulaient... fermer DyMar et continuer les recherches dans un centre ultra-secret.

Dorman se tut, passa distraitement le doigt sur le pare-brise devant lui. Il laissa dessus une traînée de mucus.

— J'étais censé devenir le patron de ce nouveau labo, agent Mulder. Mais ces salauds ont décidé de me tuer en même temps que David.

— Pourquoi avoir peur d'une découverte aussi extraordinaire ? L'enfant était guéri, la nanotechnologie aurait permis à l'humanité de faire un grand pas en avant.

— Les nanomachines sont potentiellement instables. Ce sont des organismes artificiels qui se reproduisent sans limites. Elles n'ont pas derrière elles des millions d'années d'évolution et de sélection naturelle, comme les êtres vivants de notre planète. Est-ce que vous laisseriez de telles créatures se balader en liberté ?

Mulder grimaça.

— Je vois. Mais pourquoi les nanobestioles ont-elles sauvé Jody ? Ce sont les mêmes qui sont en train de vous tuer.

— David se méfiait de tout et de tout le monde... sauf de ses véritables ennemis. Il gardait les souches pures sous clé. Lui seul pouvait y accéder. Quand le commando a attaqué DyMar, j'ai... j'ai pris... ce que j'ai trouvé.

Dorman baissa la tête piteusement. Fox, lui, était horrifié.

— Vous vous êtes injecté une souche différente de celle utilisée sur Jody ? Mon Dieu... vous voulez dire que vous avez utilisé la variété qui avait servi pour le chien ?

— Cela aurait dû marcher. J'ai pris les nanomachines dans un échantillon du sang de Vador, celles qui s'étaient ajustées à son A.D.N. Je n'avais pas le temps de réfléchir. Tout explosait autour de moi. On essayait de me tuer. Je ne comprends pas pourquoi les machines n'ont pas fonctionné correctement...

Jeremy resta silencieux quelques instants, perdu dans ses sombres pensées.

Mulder secoua la tête, incrédule. L'homme assis à côté de lui était porteur de nanocréatures programmées pour l'A.D.N. canin. Ces organismes artificiels, en se retrouvant dans son corps, avaient dû essayer de s'adapter, de modifier leur programmation originelle. Mais cela n'avait pas fonctionné. Les nanobébêtes avaient déraillé comme un ordinateur qui reçoit des instructions contradictoires et inconciliables.

— Si je comprends bien, les nanomachines pataugent quand elles hésitent entre deux codes A.D.N. Mais si vous touchez une autre personne, elles ont alors à s'adapter à un troisième code génétique, et là elles deviennent carrément délirantes. C'est pour cela que tous les gens que vous effleurez se retrouvent avec une forme foudroyante de cancer et meurent en quelques minutes. Elles ferment le système nerveux central et se répandent partout dans l'organisme de vos victimes.

— Peut-être avez-vous raison, marmonna le scientifique. Je n'ai pas eu le temps de faire des tests sur mes victimes, comme vous dites si aimablement.

— Mais une chose est certaine : les nanomachines que portent Jody et le chien sont inoffensives. Ils ont touché des étrangers, cela n'a eu aucun effet néfaste.

Jeremy leva la main et remua les doigts.

— Tout ce que je sais, c'est que ce mucus est la substance porteuse des bestioles. Ce liquide grouille de vie artificielle. Touchez cette substance, et elles se précipiteront dans votre organisme. Vous avez vu les conséquences que cela peut avoir.

— Je ne comprends toujours pas pourquoi vous avez besoin d'un échantillon du sang de Jody. Qu'est-ce qui me dit que vous n'allez pas le tuer comme les autres ?

— Vous êtes né stupide, agent Mulder, ou vous avez pris des cours du soir ? s'écria Dorman. Le sang de l'enfant me sauvera parce que ses nanocréatures fonctionnent. Si je me les injecte, elles se débarrasseront des miennes et répareront tous les dégâts que les premières ont déjà causés dans mon organisme !

Il soupira avant d'ajouter :

— Le gamin est ma seule chance. Ses nanobestioles sont programmées pour un être humain, et je suis un être humain... S'il vous plaît, aidez-moi !

Vous êtes mon seul espoir. Essayez encore d'avoir votre partenaire.

Mulder prit l'appareil et composa le numéro de sa coéquipière.

À sa grande surprise, il entendit la tonalité. Le téléphone marchait de nouveau !

38

Route secondaire
Oregon
Vendredi, 18 h 47

Scully sursauta lorsque son portable sonna.

Jody était toujours sur la banquette arrière avec son chien. Ils ne bronchèrent pas. Elle tira l'antenne avec les dents.

— Scully, c'est moi !

Le son était mauvais mais la voix de son ami restait audible.

— Mulder, Dieu merci, te voilà ! Cela fait des heures que j'essaie de t'avoir, mais mon portable n'accrochait pas le réseau ! Écoute-moi bien. Le petit Kennessy est avec moi. Sa leucémie est guérie et il manifeste d'étonnants dons de régénération cellulaire. Mais il n'est pas porteur de la peste...

— Je sais, Scully, tout ce qui arrive est le résultat des expériences nanotechniques de son père.

Le pestiféré, dans cette affaire, ce n'est pas l'enfant, mais Jeremy Dorman. Je suis bien placé pour le savoir... heu, je veux dire, je suis *mal* placé pour le savoir, puisque ce monsieur est assis juste à côté de moi !

Dana n'arrivait pas à y croire.

— Mulder, j'ai vu Vador, le labrador de Kennessy, égorger ce type. Comment peut-il...

— ... être toujours de ce monde ? Devine un peu !

Elle se sentit soudain toute bête : évidemment, si les nanomachines avaient réparé la blessure par balle du garçon, elles avaient pu colmater tout aussi facilement le cou de son agresseur.

— Impressionnant, non ? reprit Fox. J'aimerais bien que le garagiste à côté de chez moi soit aussi rapide et efficace que ces nanobestioles !

Le petit garçon se pencha en avant.

— Dana, qu'est-ce qui se passe ? Est-ce que tonton Jeremy est en train de nous rattraper ?

Elle colla le téléphone contre sa poitrine afin qu'on n'entende pas ce qu'elle allait répondre.

— Je crois qu'il a pris mon partenaire en otage.

Mulder continuait de parler :

— Les nanobébêtes de Kennessy sont extraordinairement efficaces. Il n'est pas étonnant que certaines personnes veuillent s'en emparer.

— Je comprends. Je devine ce qui s'est passé dans les labos de DyMar. Et ces mêmes inconnus sont venus confisquer toutes les preuves à l'hôpital de Portland. Il n'est pas question que je les laisse toucher un seul cheveu de Jody, ou un seul poil de Vador, d'ailleurs !

— Dorman ne veut pas faire de mal au gosse, mais il insiste pour le voir.

Scully entendit la voix de « tonton Jeremy » qui ordonnait à son partenaire de fixer un lieu de rendez-vous. Cela lui rappela le moment où il avait tiré sur son « neveu » en hurlant des imprécations. Elle sentit un frisson la parcourir.

Elle arrêta la voiture sur le bord de la route.

Les arbres étaient plus clairsemés dans cette partie de la forêt. Dans le lointain, on pouvait voir les lumières d'une ville. Dana calcula rapidement qu'à force de rouler elle devait s'être rapprochée de la grande banlieue de Portland.

— Mulder, est-ce que tu vas bien ?

— Oui, mais mon passager a besoin de voir le petit, il lui faut un échantillon de son sang.

— Pas question. Il n'a pas hésité à tirer sur Jody. Il ne touchera pas à cet enfant !

Dans le pick-up rouge, Dorman ne tenait plus en place. Il arracha le téléphone des mains de Mulder.

— Hé !

Il colla l'appareil contre son oreille poisseuse.

— Téléphone portable sur coulis de mucus, fit Mulder, dégoûté, en voyant le liquide dégouliner sur le combiné. Une fois que vous aurez terminé votre appel, vous pourrez le garder. Je n'en veux plus !

— Allô ! agent Scully ? Jeremy Dorman à l'appareil. Je suis désolé d'avoir tiré sur Jody, mais je n'avais pas le choix et je savais parfaitement que les nanomachines lui permettraient de guérir. Je ne veux faire de mal à personne. Comment va le petit ? Écoutez, je veux lui parler. Passez-le-moi. Allô ! Jody ? C'est tonton Jeremy.

Fox haussa un sourcil en l'entendant prendre soudain un ton suppliant.

— Petit, écoute-moi, je veux juste te parler une minute ! Je ne te voulais pas de mal, il faut que je t'explique !

Dorman avait l'air sincèrement désolé et repentant.

— Ta maman est morte, Jody, mais ce n'est pas ma faute, c'était un accident. Elle a essayé de te protéger, elle s'est jetée sur moi. Elle ne savait pas que le fait de me toucher la tuerait.

Il inspira à fond avant de continuer :

— Je t'en prie, écoute bien : les nanobébêtes qui sont dans mon organisme font des tas de bêtises. Mais celles qui sont en toi fonctionnent parfaitement et pourraient réparer les dégâts. C'est pour cela que j'ai besoin de ton sang !

Il grimaça soudain. Un long frisson le parcourut, et il gémit de douleur. Mulder se tenait sur ses gardes. Il avait peur que la convulsion ne provoque une contraction dans la main du malade et qu'il ne lui tire dessus sans l'avoir voulu.

— Jody, souviens-toi, nous avons toujours été amis ! Rappelle-toi toutes les parties de *Super Mario* que nous avons faites ensemble ! Et la fois où je t'ai laissé me battre à *Crusin'U.S.A.* ?

Dorman sourit. Fox se demanda si c'était une expression de nostalgie, ou le rictus d'un prédateur.

— D'accord, tu m'as battu à *Mario* trois fois et je ne l'ai pas fait exprès... O.K., je le reconnais... Écoute, il y a des méchants qui veulent détruire tout ce que ton papa a inventé. Mais toi, moi et

Vador, on a réussi à s'en tirer ! Restons copains. Si je n'ai pas tes nanomachines dans quelques heures, je vais mourir. Tu es mon seul espoir, Jody.

Mulder surveillait la route d'un œil et son dangereux voisin de l'autre, ce qui n'était pas facile.

Le malade poussa un cri de joie.

— Jody, merci ! D'accord, tu es merveilleux !... Repasse-moi la dame du F.B.I., il faut que je me mette d'accord avec elle sur l'endroit où nous allons nous retrouver.

Fox était fou de rage mais ne pouvait rien faire. La conversation téléphonique continua.

— Agent Scully, Dorman à l'appareil. Jody et moi avons un arrangement. Vous savez que je suis un mort vivant. Je suis donc prêt à tout. Je suis armé, vous le savez également. Retrouvez-moi sur le site de DyMar, sinon je tue votre coéquipier !

Il fronça les sourcils.

— Mais voyons, madame, vous ne comprenez pas ! Même sans mon revolver, je peux tuer Mulder. Tout ce que j'ai à faire, c'est de le toucher du bout du doigt !

Comme s'il avait voulu provoquer Dana à distance, il posa son arme à ses pieds, sur le tapis de sol.

— Retrouvez-moi à DyMar avec Jody, ordonna-t-il.

Il coupa la communication, considéra le téléphone couvert de mucus, baissa la vitre de la portière et l'expédia dehors.

— Je crois que nous n'en aurons plus besoin.

39

Q.G. mobile, Oregon
Secteur nord-ouest
Vendredi, 18 h 48

De larges antennes paraboliques ornaient le toit du camion, mais elles n'étaient pas visibles. Les hommes aux lunettes noires les avaient camouflées en utilisant des branches de pin.

Le véhicule était stationné au beau milieu d'une décharge sauvage. Personne ne risquait de venir fouiner dans le coin à cette heure. Et même si c'était le cas, on saurait se débarrasser des petits curieux.

À l'intérieur du camion, Adam Lentz observait le technicien manipuler les commandes des différents ordinateurs qui balayaient en continu des millions de communications téléphoniques, radio-téléphoniques et satellitaires.

Des milliers de personnes et d'ordinateurs

étaient écoutés, et personne ne se doutait de quoi que ce soit.

Cela faisait dix minutes que l'équipe était à l'affût, cherchant une piste, une voix, sur toutes les fréquences. Jusqu'à présent, ils n'avaient rien repéré, mais le responsable de l'opération n'était pas le genre d'homme à se décourager facilement. Il était entêté.

Où était donc l'agent Mulder ?

— Il ne peut pas savoir que nous sommes après lui, murmura-t-il plus pour lui-même que pour le technicien. Nous avons été particulièrement discrets. Cela veut dire qu'il ne doit pas prendre de précautions particulières.

Il pianota nerveusement sur la console devant lui. Scully et son partenaire s'étaient séparés, il le savait, puisque Fox avait dit à Jared qu'il prenait le pick-up pour partir à la recherche de sa coéquipière.

Jody et son chien ne se trouvaient pas dans le chalet. Lentz était persuadé qu'ils étaient avec l'un des deux agents fédéraux.

Mais qui avait contaminé Patricia Kennessy ? Pourquoi était-elle morte ? Est-ce que les machines qui grouillaient dans le corps du labrador étaient devenues folles et s'attaquaient aux êtres humains ? Est-ce que l'enfant fuyait ce danger ?

Il se dit que ses supérieurs avaient parfaitement raison de vouloir débarrasser le monde d'une telle menace. Il avait vu le corps de la mère du gamin. Il fallait envoyer tout ce qui concernait la nanotechnologie en enfer. À l'extérieur du camion, des grillons bavardaient sous les pins, le vent soufflait dans les branches...

Soudain, le technicien se redressa et écarta les écouteurs de son casque.

— Monsieur, nous avons une identification vocale. Une transmission sur téléphone portable. L'ordinateur est formel, il s'agit de l'agent spécial Fox Mulder.

Adam bondit et prit un casque pour écouter la conversation.

Ça y était, ils avaient réussi à entrer en contact ! L'enfant et le chien étaient avec Scully. Le gosse avait guéri d'une blessure mortelle...

Mais ce qui étonna le plus le chef du commando fut que Jeremy Dorman soit encore vivant. Il n'avait pas été tué lors de l'incendie et avait réussi à s'injecter des nanomachines. C'était donc lui qui contaminait toutes ces personnes !

Il écouta attentivement les tractations entre Jody et son « oncle ». Puis il retrouva le sourire lorsque ce dernier donna rendez-vous à Dana sur le site de DyMar.

Le gamin, son chien, le savant malade et les deux agents allaient se retrouver au même endroit ! Si ses hommes agissaient suffisamment vite, ils pourraient liquider tout ce beau monde d'un seul coup !

Dès que Dorman eut raccroché, Lentz ouvrit les portes arrière du camion et annonça à son assistant numéro un :

— Nous retournons à DyMar, vitesse maximale !

Tous les membres de l'équipe connaissaient le site dévasté par cœur.

C'étaient eux qui avaient pris les labos d'assaut et mis le feu.

Le camion démarra en trombe. Il n'y avait pas une seule seconde à perdre.

40

Ruines du laboratoire DyMar
Vendredi, 20 h 45

« Retour sur les lieux du crime », se dit Scully en engageant la voiture sur la rampe d'accès au labo.

Dans le ciel, des nuages cachaient à moitié la Lune. Sa pâle lueur dessinait des ombres incertaines sur le sol. Dana considéra les bois situés de l'autre côté du centre. Peut-être que les arbres et la nuit dissimulaient des ennemis à l'affût... ces hommes que l'enfant et sa mère avaient fuis.

— Reste dans la voiture, dit-elle au petit garçon.

Elle descendit du véhicule et marcha jusqu'à la chaîne qui était supposée marquer l'entrée du parking du centre de recherches. Il n'y avait pas âme qui vive alentour.

En bas de la colline, les lumières de Portland brillaient. Le site DyMar était à l'écart de la ville.

Le lieu aurait dû être propice à la sérénité et à la méditation, mais Scully se sentait oppressée.

C'était l'endroit idéal pour tendre un piège à quelqu'un.

Elle enjamba la chaîne. Au même moment, elle entendit une portière de voiture claquer derrière elle.

Ce n'était que Jody. Il n'en pouvait plus d'attendre. Son fidèle labrador noir cabriolait autour de lui, essayant de convaincre son maître de jouer avec lui.

— Sois prudent! lança Dana.

Il marcha droit vers elle.

— Je vais avec toi! Je ne veux pas rester tout seul!

Elle soupira.

— D'accord, mais reste à côté de moi.

Il la rejoignit. Le gros chien faisait le fou, battant de la queue, gambadant dans tous les sens.

— Jody, essaie de faire tenir ton chien tranquille. Le coin est dangereux. Je ne veux pas que tout s'effondre!

Une odeur de bois et de plastique brûlé flottait dans l'air. Des pans entiers de murs s'étaient affaissés, le sol s'était effondré à plusieurs endroits. Tout était noir de fumée.

Au bout du parking étaient garés d'énormes bulldozers qui ressemblaient à autant de monstres endormis. Ils étaient prêts à entrer en piste et à faire disparaître toute trace du centre de recherches.

Elle repéra un coffre en métal qu'on avait ouvert avec une barre à mine. Les mots « DANGER — EXPLOSIFS » étaient écrits dessus.

Dana écouta le vent siffler dans les arbres. Elle avait un mauvais pressentiment.

— Jody, ne me quitte pas d'une semelle, d'accord?

Soudain, elle sentit une douleur aiguë au niveau de la nuque. « Non, ce n'est pas le moment d'être malade, de saigner du nez! » se dit-elle. La rencontre avec Jeremy n'allait pas être de tout repos. Elle aurait besoin de toutes ses facultés.

Un bruit de moteur sur la route en contrebas... des phares qui approchaient...

Tous les sens en alerte, Dana attira le gosse contre elle.

— Cache-toi derrière moi! ordonna-t-elle.

Un pick-up rouge tout bringuebalant gravit la rampe d'accès. Son moteur toussait comme un vieil asthmatique.

Depuis le temps qu'elle travaillait en tandem avec Fox, Dana avait vu pas mal de choses incongrues... mais elle n'avait jamais vu cela: Mulder en manches de chemise qui descendait, tout sourires, d'un vieux pick-up!

— Docteur Scully, je présume? fit-il d'un air blagueur.

Une forme bougea sur le siège passager. Un homme massif se leva.

Il se mouvait comme si ses membres étaient pourvus d'articulations supplémentaires. Le malheureux souffrait, cela se sentait.

Jeremy Dorman n'avait pas le teint très frais, la dernière fois qu'elle l'avait vu, égorgé par le chien... mais à présent il avait l'air encore plus mal en point!

— Ça va, Mulder ? demanda-t-elle sans quitter le monstre des yeux.

— Pour le moment, oui.

Le malade s'avança. Il tenait à la main un revolver. Mais ce n'était pas cela qui le rendait effrayant.

Scully sortit son Sig Sauer 9 mm. Elle était experte dans le maniement des armes et n'hésiterait pas à ouvrir le feu si l'enfant était en danger.

— Dorman ! appela-t-elle. Relâchez l'agent Mulder, laissez-le s'éloigner de vous !

Son partenaire fit quelques pas en avant. Le mutant le laissa faire.

— Je regrette de ne pouvoir rendre son arme à votre collègue, agent Scully, mais je l'ai touchée. Elle ne peut plus servir à qui que ce soit.

Mulder hocha la tête.

— J'ai perdu mon revolver, mon téléphone portable et mon veston ! Je ne te dis pas le cauchemar... Il va falloir demander au Bureau qu'il me rembourse le matériel perdu au cours de cette mission. Je sens que ça ne va pas être facile de leur expliquer !

Le garçon se pencha pour voir ce qui se passait.

— Jeremy, pourquoi tu fais tout ça ? demanda-t-il d'une petite voix. Tu es aussi méchant... que ceux qui faisaient peur à ma maman !

Le dos de Dorman se voûta, il avait l'air pitoyable et ressemblait à Lenny, le personnage de la pièce *Des souris et des hommes,* la brute qui tue ceux qu'il aime sans le faire exprès.

Il tendit sa main libre vers l'enfant.

— Je suis désolé, Jody. Je suis désespéré. Tu

vois ce que ces nanomachines m'ont fait ! Tu es mon seul espoir.

— Comment pourrais-je t'aider ? Mon papa est mort, ma maman est morte. Il ne me reste plus que mon chien !

— Des gens nous poursuivent, toi et moi, murmura Dorman en avançant toujours. Le gouvernement a organisé un complot. Ils veulent éliminer toute trace de l'œuvre de ton papa ! Ils ne veulent pas que d'autres malades du cancer soient guéris, comme tu l'as été. Ils veulent garder les nanomachines pour eux seuls.

Dana fut indignée par ces paroles.

— C'est faux ! Personne ne serait assez inhumain pour faire disparaître un tel remède ! Des manifestants sont venus ici et ont brûlé le centre. Il n'y a pas eu de complot !

— Je lis dans vos yeux que vous pensez très exactement le contraire, agent Scully ! s'écria Dorman.

Il observait le petit Jody comme si celui-ci l'hypnotisait. Son visage se tordait sous l'effet des mutations.

— Écoute-moi bien, dit-il à l'enfant. La manifestation qui s'est formée le jour où ton papa a été tué n'était qu'une façade, un coup monté !

Comme il disait ces mots, des silhouettes apparurent autour d'eux dans la pénombre, sorties de nulle part : des hommes habillés de noir. Ils surgissaient de partout, de derrière les arbres et les ruines. Un autre groupe arriva par la rampe d'accès, armé de lampes torches.

— Nous avons la preuve que vous mentez, Jeremy ! cria l'un des nouveaux venus.

Dorman se tourna vers Mulder, l'air furieux.

— Vous m'avez trahi ?

Ce dernier ne prit pas la peine de lui répondre et lança à l'inconnu :

— Agent fédéral ! Identifiez-vous !

— Nous sommes la relève, agent Mulder. Vous et l'agent Scully pouvez retourner tranquillement chez vous. Nous prenons en charge cette affaire. Je m'occuperai des rapports nécessaires.

— Comment savez-vous nos noms ?

Dana serra le garçon contre elle.

— Nous ne vous confierons pas l'enfant, qui que vous soyez ! cria-t-elle.

— J'ai bien peur que vous n'ayez pas le choix. Je vous assure que nous avons tous les documents officiels indispensables. Nous vous relevons de vos fonctions sur cette affaire.

Le petit fusilla du regard le chef des hommes en noir.

— Qu'est-ce que vous voulez ? fulmina-t-il. Pourquoi dites-vous que c'est pas vrai, ce que tonton Jeremy disait ? C'est les conspirateurs qui ont tué papa !

La petite troupe se rapprochait lentement mais sûrement des deux agents fédéraux, qui n'allaient pas tarder à être encerclés.

— Identifiez-vous ! aboya Dana.

Son partenaire lui jeta un regard de travers.

— Tu t'imagines qu'ils vont te présenter leurs cartes de visite ?

Le chef toisa Jody.

— Voyons, mon garçon, ricana-t-il, ne me dis pas que M. Dorman ici présent ne t'a pas raconté tous les détails ! Jeremy, pourquoi mentez-vous à cet enfant ?

Le scientifique rugit :

— Comment osez-vous ?

Il avait toujours le revolver à la main, mais l'inconnu ne semblait pas s'en soucier.

— Jody, c'est tonton Jeremy qui a tué ton papa. Il lui a tiré quatre balles à bout portant. Du moins, c'est le nombre de douilles que nous avons retrouvées...

— C'est faux ! hurla Dorman.

Mais l'autre poursuivit, imperturbable :

— Mon cher enfant, l'histoire est simple. Ton papa avait apporté un revolver au laboratoire. Il voulait s'en servir sur ton chien pour vérifier que les nanomachines le ressusciteraient. Tu me suis ? Ton père a fait entrer Vador, ton cher Vador, dans le labo, et Jeremy lui a tiré dessus ! Le chien a guéri.

Il sourit d'un air paternaliste avant de conclure :

— Malheureusement, quand tonton Jeremy a tiré sur ton papa, celui-ci est mort. David Kennessy ne pouvait pas se « réparer ».

Le savant secouait la tête frénétiquement.

— Espèce d'ordure ! Menteur !

Il leva le bras avec une souplesse et une rapidité qui n'avaient rien d'humain, et pointa son arme sur Lentz. Les hommes en noir étaient plus nombreux, plus entraînés. Ils dégainèrent et ouvrirent le feu les premiers.

41

Ruines du laboratoire DyMar
Vendredi, 21 h 03

Les balles de gros calibre touchèrent Dorman au bras, le désarmant immédiatement. Il hurla de douleur, son corps se tordit.

Mulder et Scully réagirent sans même réfléchir. Dana attrapa le gamin, qui poussait des hurlements de terreur, et courut le mettre à l'abri derrière les cabanes de l'équipe de démolition.

Fox, lui, ordonna aux inconnus de cesser le feu immédiatement. Sans succès, bien sûr.

Dorman était la seule et unique cible des tireurs. Il avait toujours su que ces types voulaient sa peau. Dire que ces vermines ne savaient pas, jusqu'à aujourd'hui, qu'il avait échappé à l'incendie, qu'il était toujours vivant... et leur premier réflexe en le revoyant était d'essayer de le descendre !

Imbéciles... ils ignoraient surtout que Jeremy avait *changé*.

Adam Lentz et son organisation avaient menti. Ils lui avaient promis un laboratoire où il pourrait poursuivre ses recherches en nanotechnologie. Mais, au lieu de tenir parole, ils avaient tenté de le liquider.

Et, ce soir, ils finissaient le travail.

Jeremy encaissa deux balles en même temps : une dans le bras, l'autre dans la poitrine. La douleur le fit grimacer. Une dose d'adrénaline se déversa dans ses veines, et il comprit qu'il perdait le contrôle. Il rugit en sentant la mutation gagner soudain la partie.

Son corps *changea.*

Sa peau se tendit à l'extrême, comme celle d'un tambour. Ses muscles furent parcourus de convulsions et se tétanisèrent. Les protubérances qui s'étaient développées sur ses côtes, sa peau, son cou, se libérèrent, déchirant ce qui restait de ses vêtements.

Dorman avait déjà perdu le contrôle une fois, dans le camion de Wayne Hykaway. Mais, ce soir, pas question pour lui de revenir en arrière comme il l'avait fait alors.

Son corps n'était plus qu'un amas génétique en plein chaos. Les nanobestioles, n'arrivant plus à s'y retrouver dans la masse d'informations qu'elles avaient en mémoire, restructuraient son organisme selon les séquences les plus primitives.

Ses épaules se courbèrent, ses biceps gonflèrent et ses bras ondulèrent. Une tumeur située dans sa gorge, vers la base de la langue, s'ouvrit. La peau de son visage ressemblait à présent à du plastique en train de fondre.

Les hommes en noir continuaient de vider leurs

chargeurs sur lui, pas seulement parce qu'on leur avait donné l'ordre d'ouvrir le feu, mais aussi parce qu'ils étaient terrifiés par ce spectacle.

Adam Lentz, malin, s'était mis à couvert.

Dorman chargea ses ennemis, se concentrant sur le tireur le plus proche. Il le saisit de son bras difforme tandis que des tentacules surgissaient de la masse de son corps.

Son esprit bouillonnait. Plus rien n'existait que la douleur et la colère.

Son organisme était une bête sauvage rendue à la liberté, ses instincts n'étaient plus régulés par son humanité vacillante sur le point de rendre les armes.

Le pauvre type qu'il avait attrapé perdit d'un seul coup son flegme et sa belle posture de tireur d'élite. Il poussa un hurlement épouvantable tandis que les tentacules de Dorman lui broyaient l'échine comme s'il s'agissait d'un morceau de balsa.

Une balle atteignit Jeremy au niveau du fémur. Avant même qu'il ait eu le temps de perdre l'équilibre, les nanomachines en folie lui « retricotèrent » une nouvelle articulation. Le mucus translucide qui recouvrait son corps était plein de nanocréatures ne demandant qu'à se reproduire. Il lui aurait suffi de toucher ses ennemis pour les tuer sur-le-champ. Mais il trouvait beaucoup plus satisfaisant de leur casser le cou, de leur défoncer la cage thoracique, de les plier comme des accordéons.

Un nouveau tentacule sortit de sa bouche, telle une langue de serpent. Il frappa son ennemi à la manière d'un fouet. Jeremy ne voyait plus que les tireurs. Sa seule idée était de les éliminer. Pourtant, au bout d'un moment, il eut une lueur de lucidité. Il regarda autour de lui, se sentit totalement désorienté. Les hommes en noir le canardaient toujours. Il tituba en arrière.

DyMar... Il aperçut les ruines du labo... Un souvenir lui revint : David Kennessy et lui, travaillant de conserve sur leur formidable invention... cette invention qui l'avait transformé en mutant.

L'animal blessé qu'il était devenu s'enfuit en claudiquant. Il franchit les poutres tant bien que mal, recherchant un endroit où se cacher, un refuge...

42

Ruines du laboratoire DyMar
Portland, Oregon
Vendredi, 21 h 19

Dès que Mulder avait vu apparaître Lentz et sa clique, il avait compris que ce n'étaient pas des renforts venus prendre les choses en main. Ces hommes en noir formaient une équipe de « nettoyeurs » et travaillaient probablement pour les conspirateurs contre lesquels Scully et lui livraient bataille depuis plusieurs années.

Ces hommes avaient poursuivi Patricia et Jody Kennessy, monté le coup de la prétendue manifestation spontanée devant les locaux de DyMar, ils avaient saccagé le domicile de David Kennessy et confisqué toutes les preuves qui se trouvaient à la morgue de l'hôpital.

Mulder aurait pu se passer de ce genre de « renforts ». Sans façon, merci !

Lorsque les conspirateurs ouvrirent le feu, il

pensa immédiatement à la sécurité de Jody et de Scully. Mais il ne pouvait pas faire grand-chose puisque tonton Jeremy lui avait pris son arme.

Il se réfugia derrière un pilier. Heureusement, les inconnus ne s'intéressaient pas du tout à lui.

Jeremy Dorman grognait comme un lion blessé. Les coups de feu claquaient dans la nuit.

Fox s'aventura dans les décombres, genoux fléchis, tête baissée. Les sons qu'émettait le mutant devenaient de moins en moins humains.

Il était en train de se transformer en monstre.

Les tumeurs et les bosses sous la peau de Jeremy prenaient subitement un sens. Elles ne s'étaient pas développées au hasard, mais suivaient un plan mal défini qui faisait remonter à la surface une créature qui dormait jusque-là dans ses gènes.

« L'organisme du malheureux est comme une ville dont les rues sont livrées aux promoteurs véreux, se dit Fox. On y construit dans tous les sens. »

Les mutations physiques semblaient s'accompagner d'une désinhibition totale, car Dorman agissait désormais comme un prédateur.

Mulder progressait dans les ténèbres, enjambant les poutres et les restes de murs. Il avait une idée : se mettre à l'abri à l'intérieur des ruines, pour ensuite passer de l'autre côté du parking et rejoindre Scully et le petit garçon qui se tenaient dehors, près des bulldozers.

Dorman s'attaquait en rugissant à deux nouvelles victimes, qu'il broya avec ses tentacules et ce qu'il restait de ses bras. Elles moururent avant même que la peste nanotechnique n'ait eu le temps de faire son œuvre.

Les coups de feu redoublaient. De loin, le bruit ressemblait à celui du pop-corn qui éclate sur le feu. Fox jeta un coup d'œil derrière lui et vit que les conspirateurs s'étaient déployés. Dorman était cerné. Il n'avait qu'une seule possibilité : reculer en direction des bâtiments.

Mulder se dit alors que ce mouvement de troupe faisait partie d'un plan bien préparé. Il se pencha pour passer sous les restes d'une baie vitrée qui ressemblaient à des stalactites.

Des aboiements résonnèrent dans la nuit. Jody poussa un cri. Fox aperçut l'enfant, toujours caché derrière une pelleteuse en compagnie de Scully, qui s'agitait avec désespoir. Son chien, le cher et fidèle Vador, s'était échappé et poursuivait Dorman dans le labyrinthe de murs à demi effondrés, sans se préoccuper des tirs.

Mulder vit des silhouettes disparaître dans le bâtiment principal, à la suite de Jeremy. Il distingua particulièrement deux hommes, qui transportaient d'énormes lampes torches de modèle militaire brillant dans la nuit comme des yeux de cyclope.

Une odeur de plastique et de bois brûlé flottait dans l'air.

Un des tueurs s'élança à la poursuite de Dorman comme si celui-ci n'était qu'un cerf sur lequel on s'acharne pendant une chasse à courre. Le mutant, se sentant talonné, grogna et donna un violent coup d'épaule dans un des piliers.

Des kilos de poussière, de cendres et de gravats tombèrent sur l'homme en noir.

Quelque part, dans le laboratoire, le labrador de Jody aboyait comme un fou...

Fox essayait de rester silencieux, mais cela était quasiment impossible : il y avait des morceaux de verre partout sur le sol. Les coups de feu redoublaient. Il décida de souffler un instant et s'accroupit derrière un bureau couvert de suie.

Une balle siffla près de lui et se ficha dans le mur, à côté de sa tête. Trois centimètres plus bas et ça y était !

De là où il se tenait, il pouvait voir Scully et l'enfant. Les nuages dans le ciel s'étaient dispersés, laissant passer la lumière de la lune. Dana retenait le gosse à deux mains. Jody se débattait, appelait son chien.

Scully le tira de toutes ses forces et le plaqua contre la portière d'un bulldozer. Mulder n'en vit pas plus.

Bang !

Un autre projectile venait de le manquer de peu, il fallait qu'il reste à couvert.

Il réalisa soudain qu'il n'avait pas échappé à des balles perdues. Les hommes en noir étaient trop bons tireurs, c'était lui qu'ils avaient visé. Ils avaient un plan : se débarrasser des encombrants agents spéciaux Mulder et Scully en même temps que de Dorman, le mutant.

43

Ruines du laboratoire DyMar
Vendredi, 21 h 38

Le piège se refermait enfin ! Adam Lentz était content, et pourtant les choses ne se déroulaient pas exactement comme il l'avait imaginé. Mais peu importait, seul comptait le résultat final.

On s'occuperait des cadavres qui n'étaient pas prévus au programme. Les hommes de Lentz étaient des spécialistes du nettoyage rapide.

Les coups de feu étaient assourdissants. Adam était étonné de la résistance de Jeremy Dorman. Il était truffé de balles, mais il bougeait toujours et se battait comme un beau diable.

Les instructions que les hommes en noir avaient reçues étaient simples : se débarrasser de Dorman, du petit Jody Kennessy et du chien. Mais l'agent spécial Dana Scully jouait les gardes du corps et protégeait le gamin en se servant de tous les trucs qu'on lui avait appris à Quantico.

Les sbires de Lentz, eux, avaient suivi un entraînement bien plus complet et rigoureux dans d'autres écoles... moins connues du grand public, mais tellement plus efficaces...

Immédiatement après le début de la fusillade, il avait vu l'agent Mulder filer en direction des bâtiments. Aucune importance, on s'occuperait de lui quand le moment serait venu.

Les hommes avaient été rendus fous de terreur par la métamorphose de Jeremy, puis totalement enragés lorsqu'ils l'avaient vu tuer plusieurs de leurs collègues.

Adam Lentz s'était tenu à l'écart pendant la bagarre. Il avait tout observé de loin et avait été relativement déçu. Il imaginait jusque-là que ses hommes pouvaient tout vaincre. Ils étaient les meilleurs, triés sur le volet.

Il allait falloir changer de « volet » ! se dit-il amèrement.

Des cris dans les ruines... un coup de feu ! Dorman devait être pris au piège. La mission allait bientôt être achevée.

Lentz trouva le moment approprié. Il alla jusqu'au véhicule qui faisait office de Q.G. et ouvrit le panneau de contrôle relié au système de destruction du centre.

Lui et ses hommes étaient arrivés plus de vingt minutes avant l'agent Scully. Ils avaient tout préparé, comme pour un pique-nique, puis avaient pris garde de ne pas se faire repérer avant le moment décisif.

Ils avaient utilisé des explosifs trouvés dans un container appartenant à l'entreprise de démolition chargée de raser les ruines. Ils s'étaient également servis dans leurs réserves de produits incendiaires. Les gars avaient réparti des bidons de gel d'hydrocarbure de type « napalm » dans les sous-sols fort instables de DyMar. Lentz aimait le travail bien fait. Il s'était promis de « nettoyer » à fond le site. Il n'en resterait absolument rien.

Une seule chose le contrariait : il allait devoir tuer plusieurs de ses hommes — ces idiots qui avaient suivi Dorman à l'intérieur. Cela leur apprendrait à se laisser dominer par leur instinct de chasseurs.

Jouer au chat et à la souris avec un monstre. Voilà une attitude qui dénotait un manque certain de professionnalisme.

Mais personne n'étant irremplaçable, il se ferait une raison et appuierait sur le bouton sans état d'âme.

L'agent spécial Fox Mulder se trouvait également dans le bâtiment principal. Lentz était persuadé que certains des coups de feu qu'il entendait étaient dirigés contre Fox le Fouineur.

Pas de témoins, c'était la règle.

Adam avait reçu des instructions extrêmement précises : l'agent Mulder et sa coéquipière, Dana Scully, ne devaient pas être tués. Ils faisaient partie d'un plan trop important pour qu'on les sacrifie dans cette affaire. Hélas, il était bien obligé de prendre des décisions à chaud. La priorité des priorités était d'arrêter cette chose immonde qui massacrait ses hommes, ce monstre infect qu'était devenu Jeremy Dorman. Le fait de savoir que les nanomachines étaient responsables de cette métamorphose effroyable suffisait à ôter les derniers scrupules qu'il pouvait avoir : l'enfant et le chien étaient porteurs des mêmes organismes artificiels. Ils devaient être détruits avant que la contamination ne se répande et ne mette en danger l'espèce humaine tout entière.

Quant aux deux imbéciles obsédés par le sens du devoir... eh bien, Lentz présenterait lui-même ses excuses à son supérieur...

Le moment fatidique était venu.

Un des membres du commando ressortit du centre en courant. Il arriva au camion Q.G., essoufflé, les yeux exorbités, comme s'il revenait de l'enfer.

— Reprenez-vous ! aboya Lentz.

L'homme en noir sursauta.

— Bien, passons aux choses sérieuses, reprit Adam en soupirant. Est-ce que tout est prêt ?

— Oui, monsieur.

— Dois-je effectuer un dernier test avant de mettre en marche le système ?

— Non, monsieur, tout ce que vous avez à faire, c'est appuyer sur ce bouton rouge. J'ai tout vérifié moi-même.

Adam Lentz regarda une dernière fois les ruines de DyMar.

Et appuya sur le bouton.

44

Ruines du laboratoire DyMar
Vendredi, 21 h 47

L'onde de choc balaya le mur de béton et une bonne partie des poutres demeurées jusqu'alors intactes. Mulder, recroquevillé sous le grand bureau métallique, était protégé du souffle brûlant qui rugissait autour de lui.

Les flammes tourbillonnaient jusqu'au ciel en grondant. Ce raffut ne pouvait signifier qu'une chose : les hommes du commando avaient miné la place, sans lésiner sur les moyens.

Un hurlement de terreur fit sursauter Fox. Clignant des yeux dans la fumée, il aperçut un homme en noir qui tentait de fuir la fournaise. Le costume du malheureux avait pris feu. Des détonations retentissaient dans tous les coins, mêlées aux cris et aux aboiements féroces du chien.

Les flammes dévoraient les poutres maîtresses, et l'on aurait cru que les pierres mêmes du building fondaient, tant la rage de l'incendie était grande.

Le brave labrador bondit soudain à l'intérieur du laboratoire. Une explosion le projeta contre un des rares murs encore debout. Le pelage de la bête avait pris feu par endroits et fumait, mais Vador cherchait quelque chose, et il n'abandonnerait sa mission sous aucun prétexte !

Le fracas des poutres qui s'effondraient était assourdissant.

Mulder, voyant le chien, l'appela de toutes ses forces.

— Vador, hé, Darth Vador, au pied ! Viens ici, idiot, tu vas griller !

Il ne fallait pas que l'animal disparaisse : il portait en lui une preuve d'une valeur inestimable. Les nanocréatures représentaient une promesse de guérison pour d'innombrables malades. Évidemment, il faudrait analyser les causes de leur mauvais fonctionnement sur Dorman avant de les utiliser sans risque, mais l'espoir était là.

Tout à sa gesticulation, Fox n'avait pas remarqué qu'un survivant du groupe d'assaut le mettait en joue. La balle ricocha sur le bureau métallique, puis alla frapper le mur de béton. Fox en fut stupéfait : comment cet homme pouvait-il essayer de l'abattre alors que le bâtiment était en train de s'écrouler ?

Avant que le type ait la possibilité de tirer à nouveau, la forme inhumaine de Dorman s'encadra dans le chambranle d'une porte calcinée. Ses tentacules s'agitaient et se tordaient comme des serpents. Il saisit le tueur qui tentait frénétiquement de viser cette nouvelle cible, tellement plus menaçante. D'un geste à la fois souple et puissant, il lui brisa la nuque et le rejeta dans les décombres.

« Oh oh... c'est le genre de situation où il faut penser avec ses jambes ! » se dit Mulder. Les remerciements pourraient attendre, l'important était de sortir de ce piège au plus vite. Il tituba vers la sortie, se cognant dans des débris.

Quant au chien, il n'était plus visible dans les tourbillons de feu. Pourquoi diable s'y était-il ainsi jeté ?

Autour de Fox, tout n'était que flammes et rugissements : les murs, les planchers, les gravats... l'air même semblait être devenu de la lave en fusion.

Mulder n'aurait pas misé lourd sur ses chances de s'en tirer vivant.

Scully retenait Jody aussi fermement que possible par son tee-shirt, mais le tissu à moitié déchiré céda soudain et lui resta dans la main. Le gosse se précipita dans la fournaise.

— Jody, non ! N'y va pas, c'est trop...

Le petit garçon ne l'écoutait pas : il voulait retrouver son ami à quatre pattes. Vador avait foncé à l'intérieur de l'immeuble où l'embuscade tendue par les hommes de Lentz tournait fort mal pour ces derniers, car Dorman, au paroxysme de la rage, les tuait l'un après l'autre, méthodiquement.

Le gamin courait, courait, ignorant les balles perdues qui sifflaient autour de lui. Il se comportait comme s'il avait été totalement invulnérable — une erreur que les enfants commettent tous un jour ou l'autre, même lorsqu'ils ne sont pas porteurs de nanomachines...

Dana laissa tomber le bout du tee-shirt qu'elle avait machinalement gardé dans sa main crispée. Toujours cachée derrière le bulldozer, elle observa la scène. Le petit était jusque-là indemne et atteignait les murs calcinés.

Une balle ricocha sur la chenille d'une pelleteuse à côté de Dana. Mais celle-ci n'y prêta pas attention. Elle ne se baissa même pas pour se protéger.

Des débris tombaient sur Jody qui cherchait, à la limite des flammes ravageant l'édifice, une voie d'accès. Il appelait sans cesse son chien, d'une voix suppliante. Il y eut encore des coups de feu. Le laboratoire, ou du moins ce qu'il en restait, continuait de brûler comme une torche gigantesque.

Jusqu'à cet instant, l'incendie n'avait attiré l'attention de personne : ni la police ni les pompiers n'avaient montré le bout de leur nez.

Dana hurla le nom de son partenaire. Elle ne savait pas où il était, ni s'il était encore en vie. Jody plongea comme un fou dans le brasier.

— NON ! Jody ! Ne fais pas l'idiot ! cria-t-elle. Reviens ici de suite !

Elle courut et atteignit à son tour le seuil du laboratoire. Impossible de voir quoi que ce soit à l'intérieur. La fumée était trop épaisse. Une poutre se brisa et faillit l'écraser. Scully fut aspergée d'étincelles.

Le plancher s'était en partie effondré. Un homme aurait pu se glisser par là pour atteindre le sous-sol d'où jaillissaient des langues de flammes.

Elle entendait Jody appeler son ami désespérément :

— Vador, où es-tu ? Reviens, mon chien, reviens !

Oubliant toute prudence, Scully se lança à la poursuite de l'enfant.

Pas évident de le retrouver dans cet enfer : la fumée et les vagues de chaleur lui brûlaient le visage. Elle progressait lentement, le regard brouillé, clignant des yeux comme une chouette en plein midi. Mais le garçon restait invisible. Elle entendit sa voix, assourdie :

— Vador !

Après ce qui lui parut une éternité, elle le distingua et agita le bras pour attirer son attention.

— Jody, viens, il faut absolument sortir d'ici, le bâtiment va s'effondrer sur nous d'un instant à l'autre !

— Scully !

Une voix éraillée... C'était Mulder. Il déboucha soudain du fond de la pièce, les vêtements fumants, titubant, au bord de l'épuisement. D'un geste, Dana lui indiqua la sortie, mais à ce moment précis le mur près duquel ils se tenaient s'écroula. Une silhouette monstrueuse se profila dans l'ouverture, sur le fond de flammes.

— Coucou, Jody, comme on se retrouve ! s'exclama Jeremy Dorman d'une voix méconnaissable.

Le monstre qui se tenait devant eux semblait insensible au feu qui dévorait ses vêtements. Son corps difforme coulait comme de la cire fondue, et sa peau, calcinée par endroits, était parcourue de mouvements répugnants. Dans le même temps, ses blessures se refermaient comme par magie.

Tentacules tendus, il bloquait le passage qui permettait d'accéder à la sortie.

— Tu vois, Jody, tu n'as pas voulu m'aider lorsque je te l'ai demandé, et regarde ce qui est arrivé.

L'enfant réprima un cri d'horreur et trouva juste la force de répondre :

— Tu as tué mon papa.

— Et maintenant, nous allons tous mourir. Ou peut-être pas tous. À ton avis, qui a les nanobébêtes les plus efficaces? Toi ou moi?

Scully, pour sa part, doutait fort que les nanomachines, de quelque variété que ce soit, puissent résister au brasier qui allait les engloutir. En tout cas, Mulder et elle n'avaient aucune chance de s'en tirer, à moins d'arriver à contourner leur adversaire.

Fox fit un pas dans sa direction mais trébucha, tombant à genoux dans les débris de verre. Scully avait toujours son automatique, mais vu la totale inefficacité du déluge de plomb que les hommes de Lentz avaient fait pleuvoir sur Dorman, elle se dit qu'un pistolet à bouchon aurait été aussi efficace.

— Viens vers moi, Jody, reprit la créature. Laisse-moi te toucher, et nous verrons bien...

Affolé, le petit se jeta dans les bras de Scully. Cette dernière remarqua au passage que les égratignures qui marquaient sa peau ne semblaient pas cicatriser, contrairement à sa blessure par balle. Que faisaient ses nanobestioles ? Avaient-elles abandonné la partie, plié boutique, ou y avait-il un mécanisme qui les « éteignait » ?

Un rugissement retentit alors. Une flèche noire jaillit d'un coin envahi par la fumée. Vador venait à la rescousse de son maître ! Le chien se jeta sur Dorman qui tenta de le repousser de ses bras difformes, de ses tentacules hérissés. Autant essayer de repousser un char d'assaut à mains nues. Le labrador, totalement immunisé contre les nanocréatures de Dorman, sauta à la gorge de ce dernier, qu'il laboura de ses canines acérées.

Le paisible animal, transformé par la colère en véritable machine à tuer, repoussait impitoyablement le monstre vers la zone où les flammes étaient le plus hautes. Les trous dans le plancher étaient nombreux à cet endroit et, au sous-sol, grondait un autre foyer d'incendie. Petit à petit, le chien, insensible aux flammes qui léchaient son pelage, faisait reculer Dorman, encore plus loin, encore plus loin...

L'aboiement triomphant et le hurlement de terreur se confondirent lorsque les deux adversaires tombèrent dans une des plus grosses fissures. Un geyser d'étincelles jaillit du sous-sol en fusion.

Tout était fini.

Jody poussa un sanglot déchirant et tenta de se dégager de l'étreinte de Scully pour suivre son chien, son ami. Mais Dana ne le laissa pas s'échapper, cette fois-ci. Elle le tira vers la sortie, vers la sécurité. Mulder la suivait en titubant, toussant plus qu'elle encore.

Derrière eux, le bâtiment finissait de s'effondrer

dans un enchevêtrement de poutrelles fondues, de béton et de gravats rougeoyants.

Il ne restait plus rien de DyMar.

Haletants, hébétés, les trois survivants se regardèrent : ils avaient réussi, ils étaient sortis de l'enfer. Ils aspirèrent l'air nocturne, si frais, si pur.

Dana serrait contre elle, maternellement, le petit garçon inconsolable. Fox lui tapota soudain l'épaule pour attirer son attention.

— Scully, regarde !

Elle sentit son cœur chavirer : armes automatiques pointées, le visage inexpressif, les tueurs du commando les encerclaient.

45

Enfer de DyMar
Vendredi, 21 h 58

Mulder aurait dû se douter que les hommes de Lentz n'étaient pas fous et attendraient à l'extérieur des ruines. Ils n'avaient pas besoin de prendre davantage de risques : s'il y avait des survivants parmi les fugitifs, ils seraient bien obligés de sortir de cet enfer... et alors... *bang!*

Fox avait du mal à respirer. Sa peau lui faisait mal, ses yeux le brûlaient. Il ne s'était jamais senti aussi découragé depuis que Scully lui avait annoncé qu'elle avait un cancer incurable.

Le chef des hommes en noir cria :

— Arrêtez-vous là, agent Mulder ! Agent Scully, écoutez-moi, vous aussi. Je suis certain que nous pouvons discuter et trouver une solution à notre petit problème.

— On a déjà donné, merci, grinça Mulder.

Scully toussa, se passa la main sur le front et répondit plus sérieusement :

— Je me fiche pas mal de trouver quelque solution que ce soit à quoi que ce soit ! Il n'est pas question que je vous laisse le petit ! Il a assez souffert comme cela, et je sais ce que vous avez l'intention de lui faire !

— Dans ce cas, vous savez également quels sont les dangers inhérents à sa condition ! rétorqua Lentz. Notre ami, M. Dorman, fut la preuve vivante de ce qui peut se passer avec la nanotechnologie. Nous n'avons pas le choix. Il faut contrôler l'épidémie.

Dana serra l'enfant contre elle.

— Vous n'approcherez pas de lui !

Elle était couverte de suie et de poussière. Mulder vit avec horreur qu'elle se tenait devant le gamin, comme un bouclier. La question était de savoir si les tueurs n'allaient pas l'abattre tout simplement pour pouvoir ensuite descendre Jody.

Scully avait un air féroce. Peut-être que cela les impressionnerait et lui ferait gagner un peu de temps.

Il décida de créer un deuxième front et interpella le chef du commando :

— Je ne sais pas qui vous êtes exactement. Mais l'enfant est légalement sous notre protection. Vous n'y pouvez rien.

— C'est pour son bien. Je vais l'emmener dans des conditions de sécurité maximales. Il sera examiné par les plus grands spécialistes, des gens qui... comprennent ce dont il souffre.

— Je ne vous crois pas, rétorqua Dana. Il ne survivrait pas à vos expériences. J'ai vu votre façon d'agir. Pourquoi vous ferais-je confiance ?

Mulder entendit soudain des sirènes de pompiers. Des voitures, gyrophares allumés, fonçaient sur la voie qui menait au centre. Les secours arrivaient pour éteindre l'incendie qui sévissait toujours.

Mulder se dirigea lentement vers sa coéquipière. Il essayait de surveiller tout le monde en même temps. Les hommes en noir étaient encore nombreux, malgré tous ceux que Dorman avait tués.

Il glissa discrètement à Dana :

— Tu es certaine de savoir ce que tu fais ?

— Oui. Trop d'éléments ont déjà disparu. Les découvertes de David Kennessy ne doivent pas être anéanties. L'humanité a besoin d'elles.

Mulder esquissa un sourire.

— Attention, Scully, tu commences à parler comme moi...

Les sirènes se rapprochaient.

— Donnez-nous l'enfant ! cria le chef du commando.

— Jamais !

Scully sortit son Sig Sauer 9 mm, une arme presque risible en face de l'artillerie dont étaient équipés les tueurs.

Elle se positionna devant l'enfant et dit :

— Mulder, on va vers la voiture. J'emmène le petit à l'hôpital. Il a besoin de soins. Nous nous relaierons à son chevet.

Ils commencèrent à avancer sur le parking. Les hommes en noir ne les quittaient pas des yeux, les tenant toujours en joue. Quant à Lentz, il surveillait la scène attentivement. Il semblait hésiter.

Fox se demandait si ce ne serait pas une bonne idée de prendre le pick-up rouge. Le véhicule ne payait pas de mine mais était très puissant. Il se rappela soudain que Dorman avait laissé du mucus partout. Pas question de l'utiliser. Le commando se chargerait d'incinérer l'engin. Quant à son propriétaire, l'homme au ciré jaune, il serait sans aucun doute fort contrarié !

— Vous ne vous rendez pas compte des conséquences de vos actes, Mulder ! lança le chef du commando.

Scully répondit à sa place :

— Nous sauvons la vie à un petit garçon. C'est tout ce que nous avons besoin de savoir.

Ils atteignirent le véhicule de Dana à l'instant précis où les voitures de pompiers apparaissaient sur la rampe d'accès.

— Je conduis ! annonça Fox en se mettant au volant. Tu es trop énervée.

— D'accord, je m'occupe de Jody.

Mulder démarra. Contrairement à ce qu'il craignait, personne ne tira pour les arrêter.

La voiture accéléra et disparut dans la nuit.

Adam Lentz et ses hommes restèrent debout sur le parking, éclairés par les lueurs vacillantes de l'incendie.

46

Hôpital de la Pitié
Portland, Oregon
Samedi, 12 h 16

X Scully avait beau vérifier et revérifier les résultats des examens du petit Jody Kennessy, elle n'y comprenait toujours rien.

Elle revenait de la cafétéria où elle avait pris un espresso. Des médecins en blouse blanche et des infirmières parlaient boulot au milieu des parents de malades qui attendaient l'heure des visites.

Dana avait emporté avec elle les graphiques montrant les différents paramètres composant l'état de santé du petit Jody.

C'était incompréhensible. Elle rangea le tout dans un dossier et alla rejoindre Mulder qui montait la garde au chevet du jeune malade.

Elle le trouva devant la porte de la chambre. Il lisait un magazine qu'il remit prestement dans son enveloppe en papier kraft dès qu'il la vit.

On entendait la télévision dans la chambre. Tout était tranquille. Jusqu'à présent, personne n'était venu menacer la vie de l'enfant. Les hommes en noir n'avaient pas montré le bout de leur nez.

Scully tendit son dossier à Mulder.

— Je ne sais pas ce qui est le plus surprenant : les signes qui prouvent que les nanomachines ont accompli leur tâche, ou le fait qu'elles ont disparu.

Fox tourna rapidement les pages.

— Tu t'attendais à autre chose ?

Elle haussa les épaules.

— Oui, regarde les résultats du labo. Il n'y a pas la moindre trace de nanocréatures dans le sang de Jody.

Mulder se gratta le menton.

— Comment cela est-il possible ? Tu l'as vu recevoir une balle en pleine poitrine puis ressusciter.

— Je ne sais pas. J'ai pu me tromper. Peut-être que le projectile n'a touché aucun organe vital et que...

— Scully, ne dis pas n'importe quoi ! Ce gosse avait une leucémie en phase terminale et aujourd'hui il se porte à merveille ! Les nanobestioles de David Kennessy l'ont guéri !

— Je ne suis pas d'accord. Nous avons retrouvé des milliers de nanomachines dans l'échantillon de sang du chien qu'avait prélevé le vétérinaire. Et souviens-toi de Vernon Ruckman. Son sang était infesté de ces bestioles artificielles. Leur durée de vie est longue. Il en aurait fallu des millions pour soigner une leucémie. Où sont-elles passées ?

Non, je crois qu'il n'y a jamais eu de nanomachines dans le corps de cet enfant.

Scully avait commencé à avoir des doutes après l'incendie de DyMar. Le petit Jody avait reçu des éclats de verre. Les coupures sur sa peau ne s'étaient pas cicatrisées miraculeusement, instantanément... mais normalement. Jody était un gosse comme les autres.

Mulder afficha une moue contrariée mais n'insista pas.

Ils entrèrent dans la chambre. Jody Kennessy regardait la télévision d'un œil distrait. Il avait l'air en forme pour un enfant qui avait vécu tant de drames successifs.

Dana lui sourit. Il lui fit un clin d'œil.

Quelques minutes plus tard, l'oncologiste du service de pédiatrie arriva, une liasse de papiers à la main. Les deux agents le suivirent dans le couloir.

— J'ai les résultats, annonça-t-il. Pas la moindre trace de leucémie. Vous êtes certains qu'il s'agit du bon enfant ?

— Certains.

— J'ai ressorti le dossier du petit Jody Kennessy. La différence est inconcevable. J'ai pratiqué une ponction lombaire sur le gosse que vous nous avez amené. C'est le meilleur moyen de voir dans le fluide cérébro-spinal s'il y a des traces de leucémie. Je n'ai rien trouvé !

Le médecin hésita, puis reprit :

— D'après son dossier, le gamin devrait être en phase terminale. Mais il est en parfaite santé. Je peux vous le dire rien qu'en voyant son visage. J'ai vu tellement d'enfants malades, au cours de ma carrière. Sa leucémie a disparu. Il ne s'agit pas d'une rémission, mais d'une guérison complète.

Scully n'aurait jamais osé espérer une telle nouvelle.

Le toubib resta quelques instants pensif.

— Vous savez, dit-il enfin, les miracles existent. Ils sont rares, mais ils existent... La preuve!

Ils retournèrent dans la chambre. Le spécialiste annonça au garçon :

— Monsieur Kennessy, vous êtes complètement guéri! Est-ce que vous saisissez ce que cela signifie? À part quelques coupures superficielles et quelques bleus, tout va parfaitement bien.

Scully bondit :

— Comment cela, parfaitement bien? Cet enfant a perdu son père et sa mère! Il a été à l'article de la mort, l'homme qu'il considérait comme son oncle l'a trahi, le gouvernement a envoyé des hommes de main pour l'éliminer, et son chien est mort!

Le cancérologue haussa les épaules.

— Je n'ai pas de médicaments qui soignent ce genre d'affections, désolé.

— Merci, nous vous contacterons si nous avons des questions.

Dana éjecta littéralement le pauvre médecin hors de la chambre. Mulder s'assit au pied du lit du garçon.

— Tu as entendu? Tu es guéri. Les machines que ton papa avait inventées t'ont sauvé la vie. Elles ont guéri ton cancer comme elles ont refermé ta blessure par balle. Mais elles ont disparu.

Jody eut l'air de trouver cela parfaitement normal.

— C'est parce que je suis guéri, fit-il distraitement. Papa avait dit que les policiers biologiques se dissoudraient une fois leur travail fini. Il a dit que les machines me soigneraient cellule par cellule, ça prendrait du temps, mais que j'irais de mieux en mieux. Et puis, une fois que je serais guéri, les nanobébêtes disparaîtraient.

Mulder haussa un sourcil et se tourna vers Scully.

— Donc le Dr Kennessy se rendait compte du danger qu'il y avait à jouer avec la nanotechnologie. Il avait équipé ses créatures d'un système d'autodestruction.

— Cela impliquerait une complexité de...

Scully ne termina pas sa phrase. Un système de « départ à la retraite » ? Pourquoi pas ? Après tout, David Kennessy avait déjà réalisé un miracle en créant ces êtres artificiels.

Elle prit la main du garçon.

— Jody, nous allons nous arranger pour que tout le monde sache que tu ne portes plus en toi de nanomachines. Lorsqu'ils l'apprendront, les hommes de l'ombre cesseront de te poursuivre. Tu ne leur seras plus d'aucune utilité.

— Je ferai tout ce que tu voudras, Dana.

Scully n'essaya pas d'avoir l'air faussement heureuse. Dorman et le labrador étaient morts dans l'enfer de DyMar. Les dossiers de Kennessy avaient été détruits. Personne ne profiterait plus de ses découvertes. D'autres individus dans le monde travaillaient sur la nanotechnologie. Mais Kennessy avait pris tellement d'avance qu'il s'écoulerait sûrement plusieurs dizaines d'années avant qu'on ne redécouvre ses secrets.

Quant au petit Jody, elle avait une idée de l'endroit où le Bureau pourrait le mettre à l'abri. Elle n'aimait pas vraiment ce plan, mais c'était le seul qui puisse réussir.

Mulder, lui, allait faire son rapport, récupérer ce qu'il pouvait utiliser en guise de preuves — c'est-à-dire pas grand-chose —, échafauder des théories que rien ne viendrait confirmer...

Cette affaire resterait une affaire non classée.

Il allait falloir réclamer un nouveau meuble pour ranger ce genre de dossiers... Ceux qu'ils avaient dans leur bureau étaient pleins à craquer !

47

Building Federal
Crystal City, Virginie
Dimanche, 14 h 04

Adam Lentz fit son rapport final directement à son supérieur. Il n'y aurait aucun document écrit, aucune preuve risquant de tomber un jour entre de mauvaises mains. Il allait simplement raconter à son chef ce qui s'était passé.

Ce fut un des moments les plus terrifiants de toute sa vie.

Une volute de fumée âcre montait du cendrier, entourant son interlocuteur d'un fin brouillard. L'homme en question était maigre et avait les yeux toujours attentifs.

À le voir, on n'aurait jamais pu deviner qu'il tenait des vies humaines entre ses mains, ni qu'il avait vu mourir des présidents, orchestré des révolutions, fabriqué des élections — et encore moins qu'il avait fait pratiquer des tests sur des milliers de personnes sans leur accord.

Il jouait à ces jeux de mort comme d'autres font une partie de *Risk*.

Il inspira une longue bouffée de tabac entre ses lèvres fines. Il n'avait pas dit un seul mot depuis le début de l'entretien.

Pétrifié, Lentz considérait les cendriers pleins de mégots entassés sur le bureau de son chef.

— Comment pouvez-vous être certain de ce que vous avancez ? demanda soudain celui-ci d'une voix faussement amicale.

Adam n'avait jamais servi dans l'armée, pas officiellement du moins. Mais il se tenait au garde-à-vous.

— Les agents Mulder et Scully ont fait faire des tests approfondis sur le sang de l'enfant, monsieur. Nous avons eu accès aux dossiers hospitaliers. Il n'y a absolument aucune trace de nanotechnologie dans son organisme, pas le moindre fragment, rien.

— Dans ce cas, comment expliquez-vous qu'il ait récupéré si vite d'une blessure par balle ?

— Personne n'a officiellement fait de rapport sur cet événement, monsieur.

Le fumeur eut un petit rictus.

— Et la leucémie ? On me dit que l'enfant est entièrement guéri. Il devrait être mort.

— Exact, monsieur. Je pense que le Dr David Kennessy avait compris les dangers inhérents à la nanotechnologie et avait programmé ses nanobestioles pour qu'elles se désactivent et se dissolvent une fois leur mission accomplie. Lorsque le petit Jody fut guéri de son cancer, les machines ont détecté qu'il n'y avait plus aucune trace de leucémie dans son organisme. Elles ont donc mis en marche leur système d'autodésactivation. L'enfant est effectivement en parfaite santé.

L'homme tira sur sa cigarette.

— Je vois... Il est guéri, mais il n'est plus porteur du remède à sa maladie... Tant mieux. Remercions le Dr Kennessy. Il aurait été fort dommage que des personnes non autorisées se retrouvent avec ce miracle médical entre les mains.

Lentz ne répondit rien. Il savait que son chef gardait tous les éléments en rapport avec cette affaire dans un bâtiment anonyme, parfaitement dissimulé et que lui seul connaissait.

Personne n'aurait jamais accès au travail de David Kennessy.

— Et les agents Mulder et Scully ? interrogea le fumeur. Que savent-ils ?

— Pas grand-chose, monsieur. Ils ont beaucoup d'hypothèses et aucune preuve. Ils vont ranger le dossier dans un tiroir... affaire non classée, comme ils disent.

Le fumeur fut pris d'une violente quinte de toux. Lentz se demanda s'il était malade.

Ou peut-être que sa conscience le travaillait ?

Adam attendit. Le silence était insupportable et sembla durer une éternité.

— Et Dorman ? Et le chien ?

— Nous avons fouillé les ruines de DyMar, monsieur. Nous avons retrouvé des ossements. Nous pensons qu'il s'agit de Jeremy Dorman et du chien Vador.

— Est-ce que l'examen des dentitions a confirmé cela ?

— Non, monsieur. Impossible, monsieur. Les nanomachines avaient déjà tellement transformé Dorman que ses restes ne sont plus clairement identifiables. Ses plombages ont été rejetés par les nanos. Mais il n'y a aucun doute : tous les deux sont morts. Mes hommes les ont vus tomber dans les flammes.

— Aucun doute ? répéta l'homme à la cigarette. Dans notre métier, il faut toujours avoir des doutes.

Il tira sur son mégot, alluma une autre cigarette, puis toussa de nouveau.

— Merci, Lentz, ce sera tout. Le monde n'est pas prêt pour les guérisons miraculeuses. Pas encore, du moins.

— Je suis d'accord, monsieur.

Adam Lentz quitta la pièce. Il entendit l'homme tousser violemment tandis qu'il refermait la porte.

Le monde n'est pas prêt pour les guérisons miraculeuses, pas encore...

Si ce grand fumeur se retrouvait lui-même face à la maladie — cancer du poumon, par exemple —, il changerait sûrement d'avis sur ce point !

48

Communauté autonome
Quelque part dans l'Oregon
Un mois plus tard

Les gens qui vivaient ici étaient bizarres, se dit Jody, mais au moins il se sentait en sécurité. Après les épreuves qu'il avait traversées, il était capable de résister à n'importe quoi.

Il avait vu s'effondrer son univers petit à petit : d'abord on lui avait annoncé qu'il avait une leucémie et il avait passé des mois à se battre contre cette horrible maladie. Puis son père avait perdu la vie au cours de l'incendie de son laboratoire. Ensuite, sa maman l'avait entraîné dans une fuite sans fin, dont l'issue avait été tragique...

Ici, au campement, son oncle Darin le couvait un peu trop mais lui apprenait des tas de choses très utiles. D'ailleurs, tout le monde avait une place bien définie, un travail précis, parmi cette communauté qui vivait dans la plus totale autarcie.

La façon dont ces gens interagissaient les uns avec les autres rappelait à Jody ce puzzle représentant la Terre vue depuis la Lune qu'il avait fini avec sa mère juste avant que celle-ci ne soit tuée. Les pièces s'emboîtaient parfaitement les unes dans les autres pour créer l'image finale...

Jody soupira. Sa maman lui manquait tellement.

Après que l'agent Scully l'eut amené en cachette, les membres de la communauté l'avaient pris sous leur aile. Jody Kennessy était devenu un symbole pour eux, presque une mascotte, car à huit ans à peine il avait été la cible des forces les plus obscures du système, et il avait survécu.

L'histoire de cet enfant n'avait fait que renforcer la détermination de la petite communauté. Ils étaient désormais plus résolus que jamais à se tenir à l'écart d'une société dont le gouvernement était composé de tueurs et de comploteurs.

Les gens ici passaient leurs journées à accomplir ensemble des tâches physiques épuisantes, ce qui contribuait à souder étroitement le groupe. Chacun enseignait à l'enfant sa spécialité.

Jacob par exemple, l'homme à la grande barbe blanche, lui apprenait les rudiments de la lutte — et aussi l'art de se dissimuler. La femme prénommée Allison l'initiait au tir...

La guérison de Jody était totale. Quant à son chagrin et à sa peur, ils s'estompaient peu à peu. Il passait beaucoup de temps à patrouiller dans le périmètre extérieur du camp, quand il n'était pas recruté pour les travaux de jardinage dans le potager. Les membres de la communauté chassaient et cultivaient beaucoup afin de maintenir le niveau de leur énorme stock d'aliments séchés ou conservés sous vide.

On aurait dit une tribu sortie tout droit d'un autre siècle. Jody se préoccupait peu de connaître les motivations de ses nouveaux voisins. « Voisins » et non « parents ». Il était seul, maintenant. Il n'arrivait même pas à considérer son oncle Darin comme l'un de ses proches... mais il survivait finalement. Après tout, il avait bien vaincu un cancer en phase terminale, non ?

Les autres membres du groupe le laissaient en paix lorsqu'il était triste. Ils lui laissaient le temps et l'espace vital dont il avait besoin. Le garçon passait des heures à se promener le long des clôtures en fil de fer barbelé...

De la brume flottait au-dessus de la forêt, se déroulant comme une longue écharpe de coton tandis que le jour se levait. Dans le ciel, les nuages gris et lourds roulaient, cachant le soleil. Ils étaient à peine visibles à travers les frondaisons. Jody avançait en regardant soigneusement où il mettait les pieds. Jacob lui avait juré qu'en fait le champ de mines n'existait pas. Mais il avait tout de même un peu peur. Jacob disait qu'il fallait entretenir une atmosphère de crainte autour du camp. Le but principal était de se protéger des intrusions du monde extérieur, et tous les moyens étaient bons pour y parvenir.

Jody entendit l'aboiement d'un chien dans le lointain.

La communauté élevait des chiens de tout poil : depuis le berger allemand jusqu'au rottweiler, en passant par le chien de chasse et le doberman — sans oublier le caniche d'Allison ! Mais la voix de celui-là était extrêmement familière. L'enfant leva les yeux.

L'animal aboya de nouveau. Jody ne se trompait pas, c'était lui !

— Viens ici, le chien !

Il entendit des bruits dans les fourrés. Les broussailles s'écartèrent, et un labrador noir apparut. Il se précipita sur l'enfant en jappant joyeusement.

— Vador, c'est bien toi, mon vieux copain !

Puis il l'examina d'un air soucieux.

Le chien avait l'air en pleine forme. Pourtant, Jody l'avait vu disparaître dans l'enfer de DyMar. Quand l'incendie avait été éteint, il ne restait plus que des cendres et des poutrelles tordues. Aucun être vivant n'aurait pu survivre... sauf Vador.

Jody savait que ce chien était comme lui : différent. Le petit garçon était redevenu un enfant comme les autres, le jour où ses nanobébêtes, ayant achevé leur œuvre, étaient mortes. Mais le labrador, lui, n'avait pas un tel dispositif de sécurité interne. Il restait donc un « supertoutou ».

La brave bête cabriolait autour de lui, le renversant presque, lui débarbouillant le visage, remuant la queue à s'en décrocher l'arrière-train.

Vador ne portait ni collier ni médaille, pas même un tatouage. Rien n'indiquait son identité. Tant mieux !

Oh, tonton Darin se douterait bien de quelque

chose. Mais il ne pourrait pas dire la vérité aux autres membres de la communauté. Ils n'étaient pas au courant de l'histoire de Vador, et personne n'en saurait jamais rien.

Jody Kennessy serra son labrador adoré sur son cœur, caressant son épaisse fourrure noire et luisante.

Jamais il n'aurait dû douter de son ami à quatre pattes. Sa maman le lui avait bien dit : Vador le fidèle reviendrait toujours vers lui.

Ne t'en fais pas, mon amour, Vador va revenir. Il revient toujours vers toi, tu le sais bien.

Et il était effectivement revenu.

4943

Composition Euronumérique
Achevé d'imprimer en Europe (France)
par Brodard et Taupin à La Flèche (Sarthe)
le 17 août 1998. 6296U-5
Dépôt légal août 1998. ISBN 2-290-04943-3
Éditions J'ai lu
84, rue de Grenelle, 75007 Paris
Diffusion France et étranger : Flammarion